Waldemar Gerhard

Vernichtet

soziales Schauspiel in fünf Akten

Waldemar Gerhard

Vernichtet
soziales Schauspiel in fünf Akten

ISBN/EAN: 9783743644014

Hergestellt in Europa, USA, Kanada, Australien, Japan

Cover: Foto ©Andreas Hilbeck / pixelio.de

Weitere Bücher finden Sie auf **www.hansebooks.com**

„Vernichtet!"

Soziales Schauspiel in 5 Akten

von

Waldemar Gerhard.

Berlin S.
Verlag von Carl Steiner
Brandenburgstr. 48.

Vorwort.

Das vorliegende Schauspiel bietet eine realistische Illustration zu der so viel erörterten Handwerkerfrage. Mit einfachen, schlichten Mitteln zeichnet es des Handwerkers Schwächen und Vorzüge, seine Leiden und Mühsale, seinen Kampf um Leben und Selbständigkeit, die Schwierigkeiten, die er überwinden muß, um zu den ihm überhaupt möglichen bescheidenen Erfolgen zu gelangen und um wie viel öfter er trotz allen Fleißes und allen Strebens Schiffbruch leidet, da die industrielle und kommerzielle Entwickelung ihm den Boden mehr und mehr entziehen. Dem Schaffen und Ringen eines aufs äußerste bedrängten Standes aber gehört die Teilnahme jedes menschlich Fühlenden, jene Teilnahme, die sich nicht in ohnmächtigem Achselzucken und nicht in weichlichem Mitleid, sondern mindestens im Interesse für Ursache und Wirkung zeigt.

Was im einzelnen in diesem Werke vorgeführt wird, sind nicht die Gebilde einer ausschweifenden Phantasie, sondern Szenen aus dem täglichen Leben des „kleinen“ und „großen“ Handwerksmeisters, durch Beobachtung an Ort und Stelle gesammelt und zum Teil nicht ohne Mühe herausgeholt aus den Beteiligten. Die Bilder reden um so mehr eine beredte Sprache, weil sie so sehr der Wahrheit entsprechen und so widerlegen sie unabsichtlich mit um so dramatischerer Wucht die Phrase vom „goldenen Boden" des Handwerkes, während die Tendenz des Ganzen eine neutrale ist. — Der Tischlermeister Johann Schröter ist ein fleißiger, strebsamer Mann dem eine für seinen Stand sogar ungewöhnliche Intelligenz nicht abgesprochen werden kann. Er genießt Ansehen unter seinen Standesgenossen und hat es auch zu etwas gebracht, wenigstens besitzt er eine scheinbar gute Kundschaft und beschäftigt eine größere Anzahl Gesellen. Die — jeder in seiner Weise — sich für die Handwerkerfrage interessierenden Geheimrat Scheffler und Professor Wurm einerseits wie andererseits der Schuhmachermeister Elend, der sein Heil von Ausrottung der Juden erwartet und der Projektenmacher Schlossermeister Gruber bilden zu der markigen Gestalt Schröters drastische Gegensätze, und an solchen ist das Stück überhaupt reich. Die Konkurrenz der Fabriken und Magazine, die wohl kaufmännische, aber nicht immer lautere Geschäftspraxis einiger Kunden, die die arglose, biedere Denkungsart eines Handwerkers nicht durchschaut, das Borgsystem, das gerade gegenüber dem Handwerker gebräuchlich ist, der Mangel an hinreichendem Betriebskapital, ferner die in diesem Falle noch keineswegs anspruchsvoll auftretende Lohnbewegung der Arbeiter, Verführung durch geriebene Gauner und andere Umstände stürzen auch Schröter in den Abgrund und das ehemalige Muster an Solidität und Rechtlichkeit geht erst materiell, dann moralisch unter. Sein Konflikt mit dem Gesetze gelangt nicht zur Kenntnis der Behörde, da der Verführer seiner Tochter pekuniäre Opfer bringt, um die Sache zu vertuschen und so den Widerstand des Vaters zu brechen. Schröter aber wird zur Polizeiwache gebracht, weil er mit selbstgefertigten kleinen Gegenständen hausieren geht, ohne einen Gewerbeschein zu besitzen und noch dazu ohne sich legitimieren zu können. Schröter ist wie viele seinesgleichen kein besonderer Freund jenes Fortschrittes, der sich der modernen Entwickelung der industriellen Verhältnisse anschließt und verstößt deshalb seinen ihm zu viel lesenden Sohn, dessen spätere Unterstützung er aber annimmt, da sie ihm anonym zukommt und obwohl er den „Fabrikarbeiter" verachtet.

Die geschilderten Typen sind, wie gesagt, dem Leben entnommen, und einige noch nicht zu Bühnenzwecken herangezogen. Zur erwünschten Abwechslung ist manche drollige Scene eingeflochten und auch die Liebe ist nicht ganz vergessen. Den üblichen und alles andere ausschließenden Liebesroman vorzuführen, ist nicht der Zweck dieser Arbeit. Dem ernsten Thema entsprechend soll die Arbeit anregen, zum Nachdenken und Verstehen anleiten und diesen Zweck wird sie auch da erreichen, wo die öffentliche Aufführung Hindernissen begegnen sollte und das Schauspiel nur der Lektüre dient. Alle, die der Handwerkerfrage Studium, Amtsthätigkeit oder sonstige öffentliche Wirksamkeit widmen und denen sonst selten Gelegenheit geboten ist, sich in zutreffender und zugleich unterhaltender Weise über ein ernstes Thema zu orientieren, werden dem Werke hoffentlich dasselbe Interesse entgegenbringen wie die Handwerker, die entscheiden mögen, ob die objektiven Angaben eines aus ihren Kreisen Hervorgegangenen der Wahrheit entsprechen oder nicht.

Der Verfasser.

Gesamt-Personenverzeichnis.

Schröter, Tischlermeister.

Emma, seine Frau.

Grethe, seine Tochter.

Lieschen, seine Tochter, 6 Jahre alt.

Franz, sein Sohn.

Scheffler, Geheimrat.

Schraube, Reisender.

Werthmann, Großhändler.

Wurm, Professor.

Baum, Holzhändler.

Kretschmar, Fabrikant.

Gruber, Schlossermeister.

Elend, Schuhmachermeister.

Krügel, Gastwirt.

Dr. Löwi, Arzt.

Ulrich, Gerichtsvollzieher.

Frau v. Knickeritz, Vereinsdame.

Frau Klinkert, Hebamme.

Beier, Geselle Schröters.

Zweiter   „   „

Dritter   „   „

Vierter   „   „

Hans   } Lehrjungen Schröters.
Paul   }

Eine Tischlersfrau mit einem sechsjährigen Knaben und einem zweijährigen Mädchen.

Ein Kellner.

Tischlergesellen, Caféhausgäste.

Personen des ersten Aktes.

Schröter, Tischlermeister.
Emma, seine Frau.
Scheffler, Geheimrat.
Schraube, Handlungsreisender.
Werthmann, Großhändler.
Hans, Schröters Lehrjunge.

Erster Akt.

Schröters Möbelmagazin, angefüllt mit minderwertigen Möbeln verschiedener Sorten in allen Stilarten. Eine Thür rechts führt in Schröters Wohnung, eine andere in der Mitte nach der Straße, eine links nach der Werkstatt. Linker Hand steht ferner ein Schreibtisch mit den üblichen Utensilien und diversen Zeichnungen bedeckt. Darüber hängt an der Wand ein eingerahmter Meisterbrief.

1. Szene.

Schröter, Scheffler.

Schröter,

(großer, starker Mann in Arbeitskleidung, der man es ansieht, daß sie nicht strapaziert wird. Er trägt eine blaue Schürze und aufgestreifte Ärmel. An der nicht zugeknöpften Weste hängt eine dicke goldene Uhrkette) — — und ich versichere Ihnen, Herr Geheimrat, man hat zu würgen, daß man durchkommt. Die Woche ist schnell herum und meine vierzehn Gesellen kosten einen schmählichen Lohn. Ja, wenn die Leute noch wenigstens zufrieden wären! Sie glauben nicht, was es stets für einen Kampf giebt, wenn ich eine Arbeit in Akkord vergebe. Keiner mag sie machen für den Preis, den ich zahlen will. Einer will immer mehr haben wie der andere, hat sie dann doch einer endlich übernommen, so braucht er zu viel Zeit und kommt infolgedessen nicht auf seinen Lohn. Was ist dann das Ende vom Liede? Entweder, er läuft weg und läßt die halbfertige Arbeit stehen oder — man muß zulegen, um einen brauchbaren Gesellen nicht zu verlieren.

Scheffler (salbungsvoll).

Werter Meister, wir wissen das in den höheren Kreisen ganz genau: Alles ist unzufrieden! Die Gepflogenheit der guten alten Zeit, sich nach der Decke zu strecken, seine Bedürfnisse mit den Einnahmen in Einklang zu bringen, das hat man längst verlernt. Geld erwerben, verdienen, das ist Jedem die Hauptsache, mehr verdienen als sonst, um mehr aus= geben zu können. Was sagen Sie dazu, glauben Sie, daß uns die amtlichen Arbeiten noch zu denselben soliden Preisen geleistet werden, wie vor dreißig, vierzig Jahren, als ich in Staatsdienste trat? Gott bewahre! Alles will mehr haben, Buchdrucker, Buchbinder, Papierlieferanten — alle sind teurer geworden! Selbst die Dinte kostet mehr! Es ist nicht zum Ertragen. Und dann beklagen sich die Herren noch, wenn wir uns blutenden Herzens gezwungen sehen, mit den alten Geschäftsleuten zu brechen und Lieferungen und Arbeiten an die Mindestfordernden zu vergeben, nur um den Etat im Gleichgewichte zu erhalten.

Schröter (mit Pathos).

Wenn die Preise steigen, so ist es bei den hohen An= sprüchen der Arbeiter ja gar kein Wunder, Herr Geheim= rat. Und wenn dann noch sogar die hohen Behörden sich an den Billigsten wenden — ja dann werden wir alten Meister zwischen Thor und Angel gequetscht. Wo sollen wir dann das Geld für die hohen Löhne, wo sollen wir billige Arbeitskräfte für schlecht bezahlte Arbeiten her= nehmen?

Scheffler (mit komischem Ernste).

Was sagen Sie da, Meister: Schlecht bezahlte Arbeiten? Wo gäbe es wohl in unserm geordneten Staatswesen eine Behörde, die s ch l e ch t zahlte! Daß wir mit den Steuergroschen der Bürger sparen müssen, ist unsere Pflicht. Aber ebenso halten wir es für unsere Pflicht, unsere Handwerker und Lieferanten rechtzeitig zu honorieren. Denken Sie an Rußland, wo — unter uns gesagt — die Hälfte der öffentlichen Mittel in den Taschen ungetreuer Beamten verschwinden soll. Denken Sie an die Türkei, wo die Staatskassen meist leer sind. O, gegen solchen Zuständen sind die unsern noch in Wahrheit golden und bei uns kann man noch mit Fug und Recht von einem goldenen Boden des Handwerks reden.

Schröter.

Ich wage nicht zu widersprechen. (protzig) Ich kann ja mit meinem Geschäfte noch immer zufrieden sein. Ich habe Arbeit in Hülle und Fülle und bis jetzt wenigstens bin ich noch immer vorwärts gekommen. Aber man muß schon die Ohren steif halten um von der Fabrik nicht —

2. Scene.

Vorige. Schraube.

Schraube,

(ein Handlungsreisender, mit kleinem Musterkasten, tritt durch die Mitte ein und bleibt mit stummer Verbeugung an der Thür stehen).

Schröter.

Einen Augenblick! Ach, ich sehe schon, ich brauche nichts!

Schraube.

Erlauben Sie, mein Name ist Schraube.

Schröter.

Schön, schön, aber ich brauche nichts.

Schraube

— und vertrete die Firma Kammrad u. Oel in Leipzig.

Schröter.

Das ist ja sehr hübsch von Ihnen. Machen Sie gute Geschäfte und lassen Sie sich nicht aufhalten.

Schraube.

Wir fabrizieren seit einiger Zeit Universalholzbear= beitungsmaschinen eigener patentierter Konstruktion und —

Schröter, (ungeduldig).

Fabrizieren Sie meinetwegen Mausefallen, aber lassen Sie mich in Ruhe!

Scheffler, (beschwichtigend).

Werter Meister, das sagen Sie nicht! Sie wissen ja gar nicht, um was es sich handelt. Vielleicht ist es eine Erfindung von weitgehendster Bedeutung, deren Ausnützung gerade für Sie von unendlicher Wichtigkeit ist. Man muß doch alles prüfen!

Schraube,

(sich gegen Scheffler verneigend). So ist es in der That. Unsere epochemachende Erfindung vereinigt — (er öffnet das mitgebrachte Packet und legt Zeichnungen und Prospekte vor) ·— vereinigt in einer einzigen sämtliche Hilfsmaschinen der Tischlerei: Kreissäge, Bandsäge, Fraismaschine, Hobelmaschine, ja selbst die Hobel= bank, kurz alles, was Sie sich denken können. Sie nimmt kaum mehr Platz ein wie ein Pianino und erspart durch ihre eminente Leistungsfähigkeit mindestens drei Arbeiter!

Scheffler.

Sehen Sie wohl. Und das könnte Ihnen gleichgiltig sein? Gerade dieser Umstand scheint mir außerordentlich geeignet, zu einem sehr wesentlichen Teile dem Notstande im Handwerk abzuhelfen. Je weniger Arbeiter Sie zu bezahlen brauchen, desto höher ist Ihr eigener Gewinn. Aber das ist ja stets das Unglück der Handwerker, daß sie nicht mit Maschinen zu arbeiten gewillt sind.

Schröter.

Handarbeit bleibt doch Handarbeit, Herr Geheimrat, und Maschinen sind eine teure Ware.

Schraube.

O, unsere Maschine überflügelt die Handarbeit, wie ich Ihnen schon sagte, um das dreifache und die Qualität der Arbeit ist prima. Unserem Prospekte sind hier hunderte von Zeugnissen allererster Firmen angefügt und wir können die Aufträge kaum bewältigen.

Schröter, (boshaft).

Da würde ich doch an Ihrer Stelle zu Hause bleiben und keine Bestellungen suchen, die doch nicht erledigt werden können.

Scheffler, (väterlich).

Aber Meister, ich begreife Sie gar nicht. Sind Sie überhaupt ein Geschäftsmann?

Schraube.

Sie haben mich mißverstanden. Ich wollte sagen, wir können nicht so schnell liefern, wie es den Auftraggebern lieb wäre und es vergehen immer einige Tage.

3. Scene.

Vorige. Emma.

Emma,

(Schröters Frau, in gutbürgerlicher Hauskleidung, tritt von rechts ein. Zu Scheffler:) Guten Morgen, Herr Geheimrat! (leise und ängstlich zu Schröter). Bestelle nur nichts, Du weißt doch, daß wir nichts übrig haben!

Schröter, (unwirsch).

Ach was, Du hast wohl schon wieder gehorcht?

Scheffler.

Guten Morgen, guten Morgen, liebe Frau Meisterin Wie geht es? Sie sehen recht wohl aus.

Emma.

Ich danke, man quält sich so durch. Viel Arbeit, aber wenig Geld im Hause.

Scheffler, (lachend).

Gott, wie Sie mir leid thun! Aber lassen Sie sich trösten. Ich bin ein ziemlich alter Mann, aber in meinem Leben noch niemandem begegnet, der mir gesagt hätte: „Es geht mir ausgezeichnet. Arbeiten brauche ich nicht und Geld habe ich alle Kisten und Kasten voll; ich weiß es schon gar nicht mehr unterzubringen." — Man klagt, weil es eine alte gute Sitte ist. Apropos, Sie sind doch auch dafür, daß sich Ihr Mann die neue Universalmaschine anschafft. Sie soll ja, wie der Reisende versichert, ganz Erstaunliches leisten und die Zeugnisse sind ja wahrhaft glänzend!

Schraube, (zu Emma).

Darf ich Ihnen eine Abbildung vorlegen? (überreicht eine solche).

Emma. (abwehrend).

Nein, nein, wir haben wirklich kein Geld. Es geht nicht, nein, nein!

Schraube.

Verehrte Frau Schröter, habe ich denn schon etwas vom Gelde gesagt?

Schröter.

Du thust ja gerade, als ob wir schon am Bettelstabe wankten!

Emma, (zu Schraube).

Das nicht, aber das kommt in zweiter Reihe und vergessen werden Sie darauf auch nicht. Wenn Sie nur erst die Bestellung haben, zu Ihrem Gelde werden Sie schon kommen, denken Sie.

Scheffler.

Eine vorsichtige Hausfrau ist eine Perle. Um so mehr aber ist Ihr Mann, da er im Besitze eines solchen Schatzes ist, verpflichtet, für ihn zu schaffen, zu sorgen. Nach meiner Überzeugung kann dies im gegenwärtigen Falle Herr Schröter am besten dadurch, daß er diese großartige Erfindung sich sichert und sich nicht von der Konkurrenz überholen läßt. Bedenken Sie doch um alles in der Welt nur die Ersparung an Leuten, die Lohnersparnis! — Natürlich, lieber Meister, ich habe Ihnen ja nichts einzureden und will Sie durchaus in keiner Weise beeinflussen: Ich gebe Ihnen nur einen Rat, aber soll ich Ihnen erst noch versichern, daß er ein wohlgemeinter, ein guter ist?

Schröter.

Aber Herr Geheimrat, Sie waren stets ein guter Kunde und ich weiß Ihr Wohlwollen zu schätzen!

Emma.

Wir haben auch den Bau von Schön in der Georgen= straße, wo wir viel Geld hineinstecken müssen.

Schraube.

— und wo hoffentlich auch ein anständiger Gewinn herausspringt.

Scheffler.

Na sehen Sie, Verwendung ist also auch schon da. Machen Sie also nun das Geschäft, Sie werden mir noch dankbar sein!

Schröter, (zu Schraube).

Was kostet denn eigentlich die Maschine?

Schraube.

Gar nicht der Mühe wert. Inclusive Fracht, Montage, Aufstellung alles in allem fix und fertig zum Gebrauch nur — was meinen Sie wohl — nur dreitausend Mark! Und die Bedingungen sind ja die coulantesten. Ein Drittel bei Empfang, ein Drittel nach drei Monaten, den Rest nach sechs Monaten. Und können Sie auch wirklich einmal einen Termin nicht einhalten — Der Kopf wird Ihnen nicht abgeschnitten!

Scheffler.

Ich bin erstaunt, stellen Sie immer solch günstige Be= dingungen?

Schraube.

Nur wenn wir es mit ganz soliden Geschäftsleuten zu thun haben.

Schröter, (geschmeichelt).

Nun, Emma, was meinst Du?

Emma.

Ich habe einmal Angst, aber wenn wir von Schön recht= zeitig Geld bekommen —

Schröter.

Der zahlt, das ist ein reicher Mann. (zu Schraube). Schicken Sie die Maschine!

Scheffler.

Ich gratuliere Ihnen! (giebt Schröter und Emma die Hand). Das war ein Entschluß. Ja das deutsche Handwerk ist noch nicht verloren. So lange es noch Männer zählt, ehrlich, bieder, bedachtsam, strebsam — so lange ist es die Säule unseres Staatswesens. Da mögen die andern wühlen und nörgeln, wir sind unüberwindlich!

Schraube, (notierend).

Besten Dank, wird aufs Gewissenhafteste erledigt werden. (Packt seine Sachen ein). In längstens acht Tagen ist die Maschine hier und der Monteur trifft zugleich ein. (zu Scheffler). Meinen unterthänigsten Dank, Excellenz, für gnädige Unterstützung. Empfehle mich ergebenst, Excellenz. (zu Emma.) Leben Sie wohl, gnädige Frau! (zu Schröter.) Empfehle mich bestens, Herr Meister. Wünsche recht gutes Geschäft. Adje, adje! (Ab mit vielen Bücklingen.)

2*

4. Szene.

Vorige ohne Schraube, dann Hans.

Scheffler.

Nochmals meinen Glückwunsch, lieber Schröter. Das war eine That! O möchte sich doch das Handwerk niemals die Vorteile der modernen Technik entgehen lassen, möchte doch jedem deutschen Handwerker in einer so schwierigen Situation, in der Sie soeben waren, stets ein wohlwollender Freund zur Seite stehen. Dann würde bald so manche Klage verstummen. Doch nun wollen wir auch an unsere Geschäfte gehen. Sie wissen, ich kam wegen des Buffet.

Hans,

(Lehrjunge, in der üblichen Kleidung, ohne Weste, mit Pantoffeln blauer Schürze, aufgestreiften Ärmeln, tritt von links ein, ohne Gruß.)

Meester, der Werthmann is schon wieder da. (Vertraulich.) Er frägt die Gesellen aus, was Sie an so'nem ollen Küchen= spind verdienen. Die utzen 'n aber nich schlecht. Der Beier meente gleich, zehn Dahler, wenns och blos fünfe kost'.

Schröter.

Er soll sich einen Augenblick —

Scheffler.

Aber ich bitte, empfangen Sie doch den Mann. Sie wissen, ich bearbeite von amtswegen die Handwerkssachen und interessiere mich außerordentlich dafür. Sie würden mich in der That verbinden, wenn Sie mir erlaubten, bei der Verhandlung zugegen zu sein.

Schröter.

Sehr gerne! Also ich lasse Herrn Werthmann bitten.

Hans.

Also rinn soll er! (ab nach links.)

5. Szene.

Vorige, Werthmann.

Werthmann,

(behäbiger Kaufmann, sehr elegant, kommt von links.) Ich störe wohl? Ah, der Herr Geheimrat. Wie befindet sich die werte Familie? Gnädige Frau wohl?

Scheffler (sehr freundlich).

Danke, danke, lieber Herr Werthmann, alles wohl auf. Ihre Gemahlin auch? Und die Töchter?

Werthmann.

Danke gehorsamst, alles mobil.

Scheffler.

Nun lassen Sie sich nicht stören, meine Herren, ich mache stummen Zuhörer.

Werthmann.

Wegen der Küchenschränke muß ich noch einmal mit Ihnen reden, Schröter. Sie sollen die Lieferung haben. Hundert Stück! Ich wünsche bestes Material, trockenes Holz, gute Schlösser, prima Glas und vorzüglichen Lack. Dabei natürlich tadellose Arbeit. Der Preis von fünfzehn Mark per Stück ist mir aber entschieden zu hoch.

Schröter.

Er ist so mäßig, daß mir fast gar nichts daran bleibt.

Werthmann.

Aber mein Lieber, ich habe einen Fabrikanten in Ost= preußen, der macht sie für zehn Mark.

Schröter (erregt).

Das kann ich nicht, so leid es mir thut. Sie müssen auch berechnen, daß zu seinem Preise die Fracht hinzukommt.

Werthmann.

Weiß ich! Und ich will Ihnen ja auch mehr geben weil ich etwas ganz Exquisites verlange. Ich bewillige Ihnen dreizehn Mark, obwohl ich nicht sicher bin, ob ich je so viel wieder herausschlage!

Schröter.

Ich müßte ja mein Holz stehlen und die Arbeitslöhne geschenkt bekommen.

Scheffler.

Aber lieber Meister, bedenken Sie doch: was der Mann in Ostpreußen kann, müssen Sie doch auch können. Sie müssen mehr Selbstvertrauen haben. Sind Sie denn nicht ein tüchtiger Fachmann? Das wäre doch nicht gut, wenn Sie nicht konkurrenzfähig wären!

Emma.

Nein, nein, Herr Geheimrat, das geht wirklich nicht. Wir haben ja auch keine Fabrik, und können die Ware doch auch nicht zusammenschleudern!

Scheffler.

Aber Sie bekommen inzwischen die neue Maschine und können sie auch gleich gehörig ausnutzen. Bedenken Sie, lieber Meister: hundert Küchenspinden, das ist ein Gegenstand, ein Kapital!

Werthmann.

Das will ich meinen. Hunderte von Tischlermeistern

würden mir die Hand küssen, wenn ich ihnen eine solche Lieferung gäbe und diesen Preis dafür bezahlte.

Schröter.

Nun meinetwegen. Aber ich muß bei Lieferung um baldige Kasse bitten.

Werthmann.

Nanu, wozu giebts denn Wechsel? Ich gebe Ihnen zwei, drei Wechselchen. Die sind so gut wie bares Geld, wenn ich sie acceptire. Ist es nicht so, Herr Geheimrat?

Scheffler.

Gewiß, gewiß, das Haus Werthmann ist eines unserer größten und gediegensten Geschäfte. Die Geldfrage existiert für dasselbe einfach gar nicht.

Schröter.

Na, soll mir auch recht sein.

Werthmann.

Das denke ich auch. Also wollen Sie hier den Vertrag unterzeichnen. (Nimmt einen Zettel aus der Brieftasche). Lesen Sie ihn durch, es wird alles richtig sein.

Schröter (unterschreibt ohne zu lesen und giebt den Vertrag zurück).

Werthmann, (nimmt Hut und Stock).

Ich habe die Ehre, Herr Geheimrath. Meinen ehrfurchtsvollsten Gruß an die gnädige Frau. Bei unserer nächsten Gesellschaft werden wir doch wohl das Vergnügen haben, Herr Geheimrat. Ihre Absage jüngst hat uns überaus betrübt!

Scheffler.

Ach Gott, ich war wirklich verhindert. Sie glauben ja nicht, die Berufsgeschäfte und die Standespflichten. Man weiß manchmal nicht, wo Einem der Kopf steht. Aber grüßen Sie Ihre Frau Gemahlin und beehren Sie unsern lieben Meister recht oft mit solch' respektablen Aufträgen.

Werthmann.

Mit Vergnügen. Danke vielmals. Aber Schröter, was ich noch sagen wollte: Die Küchenschränke sollen dreißig Centimeter höher sein und zwei Fächer mehr enthalten als damals vorgesehen war.

Schröter, (erschrocken).

Um Gotteswillen, das verteuert ja die Sache fast um die Hälfte!

Werthmann, (thut auf einmal sehr eilig).

Ach Unsinn, wo denken Sie hin, die Kleinigkeit kommt doch garnicht in Betracht. Aber ich muß ja fort. Halten Sie genau den Liefertermin fest. In vier Wochen muß ich die Schränke haben. Ich halte mich an den Vertrag. Nochmals meine Empfehlung, Herr Geheimrat, Adje! (verbeugt sich gegen Scheffler, ab durch die Mitte).

6. Szene.

Vorige ohne Werthmann.

Schröter.

Mein Gott, da geb' ich Geld zu.

Emma.

Wie konntest Du auch so schnell unterschreiben!

Scheffler.

Sie sind einmal ein unverbesserlicher Pessimist. Ist es denn nicht schon sehr schön von dem Manne, daß er Ihnen die Arbeit giebt, obwohl er sie weit billiger erlangen kann?

Emma.

Herr Rat, wer weiß, ob das wahr ist!

Scheffler.

Frau, der Mann wird doch nicht lügen? Nein, er würde ja sein ganzes Renommé verlieren. Sie können ihm also aufs Wort glauben, daß der Preis angemessen ist und daß die kleine Änderung gar keinen Einfluß hat. Aber nun zu unserm Geschäfte: Sie haben also kürzlich an die Frau Legationsrat von Meier ein Buffet geliefert. Meine Frau will ein ganz gleiches haben. Dieselbe Stilart, dasselbe Holz, die gleiche Farbe. Aber es soll etwas reicher sein, damit Legationsrats sehen, daß es uns nicht darauf ankommt.

Schröter.

Ganz recht, Herr Geheimrat, es wird zu Ihrer Zufriedenheit ausfallen.

Scheffler.

Das weiß ich ja. Sie liefern ein gediegenes Stück Arbeit, und wo ich Sie empfehlen und wo ich Ihnen eine lohnende amtliche Arbeit zuwenden kann, macht es mir viele Freude. Über den Preis werden wir uns ja leicht einigen. Wie hoch wird es beiläufig kommen?

Schröter.

Der Herr Legationsrat bezahlte eintausend Mark!

Scheffler.

Nun ja, das ist auch gar nicht zu teuer, im Gegenteil. Ich finde es fast zu billig. Sie mußten doch die Zeichnung anfertigen lassen, das Material herbeischaffen, dem Gesellen war die Arbeit neu, kurz, Sie werden keine Villa dabei erobert haben. Das ist aber jetzt alles anders. Die Zeichnung haben Sie, Holz wird noch genügend übrig geblieben sein und der Arbeiter ist in der Übung. Ich meine also sechshundert Mark, das würde ganz angemessen sein!

Schröter.

Aber Herr Geheimrat, Sie können doch nicht im Ernste verlangen —

Scheffler

— daß Sie Schaden haben sollen? (beleidigt) Herr, Sie kennen ja den Ehrenkodex unseres Standes nicht, und wissen daher auch nicht, was es bedeuten würde, einem Manne wie mir zuzutrauen, er möchte einem Arbeiter, einem Handwerker den verdienten Lohn entziehen! Ich verzeihe Ihnen also, denn ich weiß, ein Mann aus dem Volke pflegt seine Worte nicht auf die Goldwage zu legen.

Schröter (demütig)

Aber Herr Geheimrat, ich wollte Sie doch nicht beleidigen!

Scheffler (begütigend).

Ich weiß ja, lieber Meister, reden wir nicht mehr davon. (Klopft ihm auf die Schulter). Sechshundert Mark ist ein schönes Geld. Was meinen Sie, was für Prachtstücke von Buffets man in den großen Möbelhallen für einen Pappenstiel bekommt. Aber ich kaufe dort nichts, weil ich von dem Grundsatze beseelt bin, man muß das deutsche

Handwerk unterstützen, man muß den Mittelstand zu heben suchen, denn er ist die Säule aller unserer Institutionen, die Stütze von Thron und Altar. Und vergessen sie doch nicht, welche Reklame es für Sie macht, wenn von Ihnen ein Möbelstück von Bedeutung in meinem Speisesaale steht. In meinem Hause gehen Fürsten, Minister, Generale aus und ein, verkehrt die Blüte der Finanzwelt, der Künstler=schaft. Wenn man nun frägt: Wer hat dieses prächtige Stück gearbeitet? und ich antworte: Wir haben nur einen Meister, der so etwas schaffen kann, nur einen, der die Ge=wissenhaftigkeit des Handwerkers mit künstlerischem Empfin=den und dem praktischen Sinne des Kaufmanns verbindet und dieser eine ist Meister Schröter —! Was meinen Sie wohl, welchen Wert das für Sie haben muß!

Schröter (geschmeichelt).

Sie sind zu gütig, Herr Geheimrat. Aber sagen Sie wenigstens achthundert.

Scheffler.

Wo denken Sie hin, ein Manneswort muß doch gelten. Aber wenn Ihnen zu wenig ist, was ich Ihnen biete, — nun denn, ich kann Sie ja nicht zwingen und will auch nicht den Schein des Verdachtes auf mich lenken, als drückte ich den Handwerker.

(Er thut als wolle er gehen).

Schröter (ängstlich).

Ich kann mich einmal nicht so gebildet ausdrücken und es thut mir recht leid, wenn ich Sie verletzte. Sprechen wir doch über den Preis erst, wenn das Buffet fertig ist. Sie sehen dann doch, was ich Ihnen geliefert habe.

Scheffler.

Nein, nein, es ist besser, wir werden heute einig. Und wissen Sie warum? Weil ich Ihnen sehr gerne angemessene Anzahlung gebe, falls Sie Geld brauchen.

Schröter (stolz).

O, so schlecht stehen wir nicht!

Scheffler.

Um so besser. Ich wollte das damit auch nicht gesagt haben. Also schlagen Sie ein! Sechshundert Mark. (er hält Schröter die Hand hin).

Schröter (zögernd).

Siebenhundert!

Scheffler.

(zieht die Hand zurück.) Damit Sie Ihren Willen haben, lege ich zwanzig Mark zu. Also sechshundertzwanzig. (Hält wieder die Hand hin).

Schröter (in bittendem Tone).

Sechshundertfünfzig! (Will einschlagen, Scheffler zieht aber schnell die Hand zurück).

Scheffler.

Nein!

Schröter.

Nun in Gottesnamen, sechshundertzwanzig! (Ergreift die dargebotene Hand).

Scheffler.

Das ist ein Wort. Nun erwarte ich aber auch ein Meisterstück von Ihnen. Leben Sie wohl. (ab).

Schröter (sinkt erschöpft auf einen Stuhl).

Ein Meisterstück! Großer Gott, und ich lege wenigstens zweihundert Mark darauf. (Springt auf, in augenblicklicher Erregung). Aber solch vornehme Kundschaft gönne ich keinem Konkurrenten und wenn ich tausend Mark zusetzen muß.

Emma.

Und unsere Kinder gehen bei Gelegenheit barfuß!

Schluß des ersten Aktes.

Perſonen des zweiten Aktes.

Schröter.
Beier, ſein erſter Geſelle.
Zweiter Geſelle.
Deſſen Ehefrau nebſt Söhnchen und Töchterchen.
Dritter Geſelle.
Vierter Geſelle.
Krügel, Gaſtwirt.
Elend, Schuhmachermeiſter.
Gruber, Schloſſermeiſter.
Wurm, Profeſſor.
Zehn Tiſchlergeſellen Schröters.

Zweiter Akt.

Die Bühne zeigt das erhellte Vereinszimmer eines Restaurants. Die Thür links führt in die Gaststube. Es sind einige Tische und Stühle vorhanden, ferner ein Pianino, ein Wandschrank als moderne Gewerkschaftslade. An den Tischen haben verschiedene von Schröters Gesellen Platz genommen; ihre Zahl vermehrt sich durch Nachzügler auf vierzehn. Ein Tisch in der Ecke des Zimmers und einige Stühle bleiben frei. Die Gesellen haben Bier vor sich und unterhalten sich teils mit Gespräch, teils mit Zeitunglesen.

1. Scene.

Beier und andere Tischlergesellen.

Beier, (Tischlergeselle, zum Nachbar).

— — Wenn wir etwas verlangen, wovon wir von vornherein schon wissen, daß es uns nicht bewilligt wird und vielleicht auch gar nicht bewilligt werden kann, so schaden wir uns selbst. Wir riskieren die Arbeit und bringen nutzlose Opfer.

Zweiter Tischler.

Das glaube ich eben nicht, Du weißt, daß Schröter jetzt viel Arbeit hat. Der Bau, die hundert Spinden für Werthmann, dann so verschiedene Möbel — Bestellungen kommen täglich nach — alles das drängt. Wenn wir mit

Gerhard, Vernichtet!   3

dem Streik drohen, so muß er uns alles bewilligen, denn er braucht Arbeiter und wo soll er die in der Saison Knall und Fall hernehmen!

Dritter Tischler.

Du thust, als ob wir ganz allein auf der Welt wären. Es ist doch immer Ersatz da.

Erster Tischler.

Und was für welcher! Künstler sind's selten, wie dir ja auch nicht jedes Stück unbedingt gelingt.

Dritter Tischler.

Na, bin ich vielleicht ein Pfuscher? Wozu giebt mir denn der Meister jederzeit die beste Arbeit?

Erster Tischler.

Einer muß sie doch machen!

Vierter Tischler.

Kinder, zankt Euch nicht, das hat jetzt gar keinen Zweck. Einigen wir uns lieber über das, was wir vom Alten verlangen wollen, denn es ist bald acht Uhr und wenn er hier ist, dürfen wir nicht uneinig sein, sondern müssen wissen, was wir wollen.

Zweiter Tischler.

Das ist sehr vernünftig. Ich schlage vor: Zwanzig Prozent Lohnerhöhung, neunstündige Arbeitszeit, fünfzig Prozent für Überstunden, Abschaffung der Akkordarbeit.

Dritter Tischler.

Wenn Du nur das alles bekommst! (Im Vortragstone).

Kollegen, wir müssen bedenken, daß wir doch in keiner Fabrik arbeiten, die vielleicht riesige Gewinne einheimst. Schröters Geschäft ist ein Handwerksbetrieb, freilich ein ganz respektabler. Aber reich wird solch ein Krauter auch nicht!

Beier.

Das ist ganz meine Meinung. Zuerst sind wir uns natürlich selbst die Nächsten. Wir müssen für uns etwas herauszuschlagen suchen. Aber alles wollen heißt nichts erreichen. Ich bin für zehn Prozent Lohnerhöhung, fünfundzwanzig für Ueberstunden, neunstündige Arbeitszeit und Wochenlohn statt Akkord.

Zweiter Tischler.

Ich nicht!

Dritter Tischler.

Etwas mehr wäre mir ja auch lieber. Stellen wir aber zunächst mäßige Forderungen auf, so haben wir die Sympathieen für uns und wenn es zur Arbeitseinstellung kommt, so kann uns niemand vorwerfen, wir hätten den Streik vom Zaune gebrochen. Übers Jahr können wir ja wieder einmal mit Anträgen kommen.

Zweiter Tischler.

Mir kommt es gerade vor, als wenn Ihr alle stille Kompagnons des Alten wäret! Ist man denn mit uns so rücksichtsvoll? Der Meister zahlt uns so wenig wie er irgend kann, wir dürfen dafür doch auch so viel als möglich verlangen!

Beier.

Das thun wir ja auch. Und wenn ich Dir sage: ich weiß ganz gut, wie der Alte steht und daß nicht alles Gold

3*

ist was glänzt, so kannst Du es mir glauben. Was ich vorschlage ist das meiste, was wir verlangen und alles, was wir erreichen können. Fordern wir mehr, so ist es ziemlich sicher, daß wir nur andern Platz machen. Aber ich kann und will Euch ja nichts vorschreiben, ich füge mich der Mehrheit, und wenn die anders will, so muß ich mitmachen. Wir wollen doch über meine Vorschläge abstimmen. Die dafür sind, bitte ich die Hand zu erheben!

(Es sind inzwischen alle vierzehn Gehilfen Schröters eingetroffen. Von ihnen stimmen zehn mit Ja).

Beier.

Also angenommen. Es sind zehn Stimmen dafür.

Zweiter Tischler (spöttisch).

Schröter weiß gar nicht, was er für artige Kinder hat. Nun wollen wir uns aber gegenseitig durch Unterschrift ver= pflichten, die Arbeit morgen früh einzustellen, wenn uns die paar Brocken nicht bewilligt werden.

Beier.

Es wird doch unter uns kein wortbrüchiges Subjekt sein, aber ich bin mit dem Wunsche des Kollegen einver= standen. (Er bringt Papier aus der Tasche und schreibt, indem er gleichzeitig vorliest). „Die unterzeichneten Tischlergehilfen des Herrn Schröter erklären und verpflichten sich, morgen früh die Arbeit einzustellen, wenn ihnen nicht zehn Prozent Lohn= erhöhung, fünfundzwanzig Prozent für Überstunden, neun= stündige Arbeitszeit und Abschaffung der Akkordarbeit ge= währt werden.“ — So, nun können die Kollegen unter= schreiben.

(Papier, Tinte und Feder gehen von einem zum andern).

2. Scene.

Vorige, Krügel, Frau mit zwei Kindern.

(Der Wirt öffnet einer ärmlich gekleideten Frau, die ein Kind auf dem Arme trägt und an deren Rock sich ein kleiner Knabe festhält, die Thür des Vereinszimmers. Die Frau bleibt schüchtern dem Eingang stehen).

Der Wirt Krügel.

Tischler soll er sein? Na da sehen Sie zu, hier hat es ihrer genug. Vielleicht ist er dabei! (ab).

Die Frau (zu dem kleinen Jungen).

Siehst Du, dort sitzt ja der Vater. Sag ihm, er soll doch einmal herkommen! (Der Knabe läuft zu dem zweiten Tischlergesellen).

Knabe.

Vater, Du sollst mal kommen, die Mutter ist da.

Zweiter Tischler (aufspringend, erregt).

Was, schon wieder! (Er tritt zu der Frau). Wie oft habe ich Dir denn nicht schon gesagt, daß Du mir nicht immer in die Kneipe nachlaufen sollst?!

Frau (versöhnlich).

Ach Mann, Du kommst ja gar nicht. Sei doch nicht gleich so böse!

Zweiter Tischler.

Ach was, thu nur nicht, als ob Dir gar so viel an mir läge. Du hast doch bloß Angst, daß ich zu viel versaufe! Was soll ich denn zu Hause? Nicht einmal schlafen kann man. Das letzte Stück Bett hast Du Einem ja unterm Buckel weg versetzt.

Frau (bittend).

Du weißt doch wie nötig wir jeden Pfennig brauchen. Wir haben nichts zu Mittag gegessen — wir wollten warten bis Du kommst. Ich habe keine Kohle im Hause, blos noch ein paar Kartoffeln. Die möchte ich kochen, daß man wenigstens etwas warmes in den Leib kriegt. Die Kinder quälen immerfort, und Du mußt doch auch etwas essen. Um mich ist es ja nicht. (Furchtsam). Komm doch mit und gieb mir zwanzig Pfennige, wenn Du so viel noch hast!

Zweiter Tischler.

Das wußte ich ja. Immer diese verfluchte Quälerei um Geld. Du weißt doch, daß heute schon Donnerstag ist und ich nichts mehr habe wie den Groschen, womit ich hier ein Glas Bier bezahlen kann.

Frau.

Komm' doch zu Hause und gieb mir den Groschen. Dann haben wir doch Alle was davon.

Zweiter Tischler.

Halt's Maul mit Deinem Zuhausekommen. Steh' ich denn unterm Pantoffel? Mach, daß Du fortkommst und leg' die Kinder in's Nest. Wir haben heute hier mehr zu thun als wie zuhauselaufen und sich auf den Strohsack legen. — Du kannst ja 'was mitarbeiten, dann wird's nicht immer gar so hapern. Ist denn der Mann blos zum Schinden und Verdienen da?

Frau (weinend).

Ach Gott, wenn ich nur bei den vier kleinen Kindern außer den zwei Aufwartestellen noch was verdienen könnte. Aber ich kann doch nicht!

(Die Kinder weinen).

Zweiter Tischler.

Laß mich nur mit dem Geheule in Ruhe. Kann ich denn dafür, daß man ein solches Hundeleben führen muß? Scheer' Dich weg, sonst hau' ich Dir noch eine rein vor allen Leuten! (Er holt zum Schlagen aus).

Beier (dazwischentretend).

Na, na, alter Spektakelmacher, wer wird denn gleich warmes Gebäck austeilen wollen! Gieb mal Deiner Frau das Portemonnaie. Was Du trinkst bezahle ich heute.

Zweiter Tischler.

Was geht das Dich an? Von Dir will ich überhaupt nichts geschenkt haben!

Beier.

Von schenken ist ja gar keine Rede. Ich bin so ein armer Teufel wie Du, wenn ich auch nicht verheiratet bin. Aber man kann doch einmal für seinen Kollegen ein Bier bezahlen. Wer das abschlägt, das wär' mir der rechte Kollege. (Zur Frau). Er muß heut schon hier bleiben, denn wir wollen alle zusammen mit Schrötern wegen Zulage reden. Er kommt hierher.

Zweiter Tischler.

Wenn Du's so nimmst, na ja. (Er giebt seiner Frau das Portemonnaie). So, da hast Du mein letztes. Teile Dirs aber ordentlich ein, es sind noch achtzehn Pfennige drinn! (Er setzt sich wieder an den Tisch).

Die Frau, (die Thränen trocknend, zu Beier).

Ich weiß ja, er thut manchmal bloß ein bißchen garstig, er ist gar nicht so. Na, da richten Sie nur was aus. Mit achtzehn Mark die Woche hier zu leben, ist auch wirklich gar nicht möglich. Es könnte schon was mehr sein. Na gute Nacht. Und Männchen komm' nur bald, wenn's alle ist. Ich will Dir Deine Kartoffeln auch recht schön braun braten. Ein bißchen Fett borgt mir vielleicht die Klinkerten. (ab mit dem Kinde).

Zweiter Tischler.

Wer wird denn nun die Sache vorbringen?

Dritter Tischler.

Das kann ja der Beier machen, der hat ja die größte Schnauze!

Beier.

Nun, in der Deinigen könnten auch Sonne und Mond untergehen!

Zweiter Tischler.

Du traust Dich wohl nicht wegen der Grete, des Meisters Töchterlein? Da wird Dir ohnehin der Mund sauber bleiben.

Beier (verschämt).

Was das für ein Quatsch ist!

Zweiter Tischler.

Pst, der Alte kommt! Also Beier, Du mußt!

3. Szene.

Vorige, Schröter und Elend, dann Krügel.

(Schröter kommt mit dem sehr dürftig gekleideten Schuhmachermeister Elend von links aus der Gaststube).

Schröter.

Guten Abend! (Er nimmt mit seinem Begleiter an dem leeren Tisch Platz).

Die Tischler, (vereinzelt).

Guten Abend! (Dann unterhalten sie sich nur mehr im Flüstertone.)

Zweiter Tischler, (zum Nachbar).

Er hat sich ja einen mitgebracht. Er denkt wohl, es jetzt Keile?!

Dritter Tischler.

Ach, das ist ja der Schuster Elend. Die Jammer= gestalt könnte ihm auch nicht viel helfen!

Vierter Tischler, (zu Beier).

Du, fang' nur an!

Zweiter Tischler.

Er hat ja keine Kourage.

Beier.

Dann mach' Du's doch!

Zweiter Tischler.

Zu was denn!

Beier

(steht auf, räuspert sich verlegen und beginnt im Vortragstone). Ge= ehrte Anwesende!

Zweiter Tischler.

Warte doch wenigstens, bis der Meister Bier hat!

Beier.

Ja so, (ruft nach der Gaststube). Herr Wirt, zwei Bier hierher! — Sie trinken doch Bier?

Schröter.

Was denn sonst?

Elend, (verlegen).

Ja — das heißt — was mich betrifft — so war es eigentlich garnicht meine Absicht — Herr Schröter traf mich bloß auf der Straße und da — (sieht in sein Portemonnaie) ich werde gar nicht so viel Geld bei mir haben —

Schröter.

Ach was, natürlich muß man doch etwas trinken, wenn man in die Kneipe geht.

Der Wirt Krügel

(bringt zwei Glas Bier und setzt sie Schröter und Elend vor). Wohl, bekomms! (ab).

Dritter Tischler.

Jetzt ist die Sache in Ordnung.

Beier, (fortfahrend, stockend).

Wir haben Sie, Herr Schröter, heute hierher eingeladen um mit Ihnen unsere Arbeitsverhältnisse zu besprechen und die Kollegen haben mich dazu bestimmt, Ihnen die Sache vorzustellen. Die meisten von uns arbeiten schon lange bei Ihnen, sechs und acht Jahre. Die Arbeitszeit ist dieselbe geblieben, elf Stunden, und auch der Lohn ist der gleiche wie früher. Er schwankt zwischen achtzehn und zwanzig Mark. Die Akkordsätze sind aber sehr gesunken und für überstunden wird gar nichts extra bezahlt. Nun sind von Vierzehn, Zehn verheiratet und —

Krügel, (steckt den Kopf durch die Thürspalte, weinerlich).

Ach um Gotteswillen, meine Herren, Reden dürfen Sie hier nicht halten, die Versammlung ist ja nicht ange= meldet!

Zweiter Tischler.

In der Gaststube reden sie ja auch!

Dritter Tischler.

Wir können doch nicht dasitzen wie die Schneemänner.

Vierter Tischler.

Wir werden doch reden dürfen!

Krügel.

Freilich, aber alle zusammen, alle durcheinander. Einer alleine, das geht nicht!

Schröter.

Na, wenn alle durcheinanderschreien, kann man ja gar nichts verstehen.

Krügel.

Wenn Sie nicht zu laut sprechen, will ich es ja allenfalls noch erlauben, aber stehen darf keiner. Ich verliere ja meine Konzession! (ab).

Zweiter Tischler.

Beier, setz' Dich, damit der Mann seine Ruhe hat und wir die unsre!

Beier.

Schon gut! (setzt sich, fortfahrend). Also ein verheirateter Mann mit vier bis sechs Kindern kann doch mit dem Lohne nicht auskommen, wenn auch die Frau auf Arbeit geht, Miete und Lebensunterhalt werden doch immer teurer. Und die Arbeitszeit ist bei unserer doch schweren Arbeit sehr lang. Neun Stunden wären doch auch genug, denn wenn man des Abends müde und hungrig ist, kann man keine Bäume mehr ausroden. Auf jeden Fall strengt so lange Arbeit doch sehr an und einige Pfennige Zuschlag für die unvermeidlichen Überstunden werden Sie darum schon recht und billig finden. Die Akkordarbeit ist für das Gewerbe schädlich weil sie bewirkt, daß immer ein Arbeiter dem andern den Preis drückt. So entsteht schlechte Arbeit und das Ansehen des Geschäftes wird dadurch nicht gefördert. —

Krügel, (durch die Thürspalte).

Ach Gott, schreien Sie doch nicht so, ich zittere an allen Gliedern, (ab).

Beier.

— Wir schlagen Ihnen also vor: Zehn Prozent Lohnzuschlag, fünfundzwanzig für Überstunden, neunstündige Arbeitszeit und Wegfall der Akkordarbeit!

Schröter.

Ja, meine Herren, Sie haben gut reden. Daß man mit dem Gehilfenlohne keine großen Sprünge machen kann, das glaube ich gerne. Ich könnte da sagen: Mancher von Ihnen hätte auch noch gar nicht zu heiraten brauchen! Aber das geht mich ja nichts an. Wenn Sie aber glauben, daß ein Handwerksmeister heutzutage noch etwas erübrigen kann, da sind Sie im Irrtum. Die Revolution im Gewerbe —

Krügel (durch die Thürspalte, erschrocken).

Um Himmelswillen, reden Sie nicht von Revolution, Sie machen mich ja unglücklich! (ab).

Schröter.

Die Verhältnisse im Gewerbe haben ja alles auf den Kopf gestellt. Die Fabriken arbeiten zu Schundpreisen, zu

Preisen, bei denen Unsereins noch Geld zulegen müßte. Sie produzieren aber in Masse, sie haben Maschinen und Geld. Sie können jeden Vorteil ausnutzen. Sie haben Kredit und genießen Vertrauen, was beim Handwerker nicht der Fall ist. Mit großen lohnenden Bestellungen geht man nur zu großen Firmen, an der Leistungsfähigkeit des Handwerkers zweifelt man immer. Vielfach mit Unrecht, aber es ist ein= mal so. Wer einen guten Auftrag hat und gut zahlt, verlangt auch, daß er gut bedient wird, und er geht deshalb, wie es immer heißt, in ein anständiges Geschäft. Der Handwerker wird mit Lumpereien oder durch schlechte Zahler beglückt, Flickereien bringt man zu ihm, und Leute, die ge= pumpt haben wollen, kommen auch zu ihm. Sie sehen also, wie schwer man's hat und nun kommen Sie noch mit Forderungen.

Elend.

Das kann ich alles bestätigen, es ist in der That so. Was nun Ihre Forderungen betrifft —

Dritter Tischler.

Wir haben ja nichts dagegen, daß Sie hier sind. Aber unsre Angelegenheiten wollen wir doch mit Herrn Schröter allein ausmachen.

Elend.

Nun ja, ich meine ja bloß —.

Krügel (durch die Thürspalte).

Meine Herren, streiten Sie doch wenigstens nicht. Ihnen ist es freilich ganz egal, wenn ich meine Konzession verliere! (ab).

Schröter.

Ich werde mir die Sache überlegen. Aber daß ich

nicht auf alle Ihre Forderungen eingehen kann, das will ich Ihnen heute schon sagen.

Beier.

Herr Schröter, es ist jetzt gute Zeit und Sie können es uns nicht verdenken, wenn wir uns nicht damit einverstanden erklären, daß die Sache auf die lange Bank geschoben wird. Die Kollegen haben sich gegenseitig verpflichtet, morgen früh die Arbeit niederzulegen, wenn sie heute keine bestimmte Zusage erhalten.

Elend (leise zu Schröter).

Sehen Sie, das habe ich mir gleich gedacht!

Schröter (zu den Gesellen).

Damit setzen Sie mir allerdings die Pistole auf die Brust, denn Sie wissen, daß die Kunden nicht warten wollen. Aber das wäre gar nicht einmal nötig gewesen. Ich hätte Sie ja ohnehin nicht unbedingt abgewiesen. Eine Kleinigkeit hätte ich Ihnen auf alle Fälle bewilligt, und wenn Sie es einmal nicht anders wollen, so kann ich es auch heute schon thun. Gegen die Lohnerhöhung und das Überstundengeld habe ich schließlich nichts einzuwenden. Das andere müßte ich mir aber doch erst überlegen. Wenn Sie damit einverstanden sind, gut, wenn nicht, so kann ich mir auch nicht helfen.

Beier.

Nun, Kollegen, was meint Ihr, wollt Ihr darauf eingehen?

(Die Tischler tuscheln unter einander, einzelnes Murren, Nicken und Schütteln).

Beier.

Wenn niemand etwas dagegen hat — — es meldet

sich niemand — also seid Ihr wohl einverstanden — —.
Und ich denke auch, wenn uns der Meister in der Haupt=
sache entgegenkommt, so können wir es in der Nebensache
auch. Also, es ist Keiner dagegen? Nein! Nun, dann sind
wir wohl für heute fertig!

Schröter.

Ich denke ja! Von meinen Gesellen aber hoffe ich, daß
sie durch um so größern Fleiß mir beistehen werden, die
nun noch größere Ausgabe für den Lohn mir wenigstens
tragen zu helfen.

Krügel (durch die Thürspalte).

Ach, da darf ich wohl bitten, daß Sie sich in die Gast=
stube bemühen und dort keine verdächtigen Reden führen.
Sie glauben gar nicht, was für eine Angst ich um meine
Konzession habe.

Zweiter Tischler.

Na, da gehört wirklich kein starker Glaube dazu. Das
merkt ja ein Elefant!

Beier.

Nun, wir können ja auch hinausgehen. Der Mann
stirbt uns am Ende vor Angst!

(Die Tischler nehmen ihre Biergläser und Hüte und begeben sich
ins Gastzimmer. Schröter und Elend bleiben sitzen).

4. Szene.

Schröter, Elend.

Schröter.

Na, was sagen Sie dazu, Elend?

Elend.

Sie hätten nicht so schnell zusagen sollen; erst ein bißchen handeln.

Schröter.

Da wäre ich vielleicht morgen in meiner Werkstatt alleine gewesen. Die Leute gehören alle zu ihrem Vereine und der brächte es schon fertig, daß ich so leicht keinen Ersatz finde. Und meine Leute sind auch alles tüchtige Kräfte, die bald genug wo anders untergekommen wären.

Elend.

Das glaube ich schon. — Und die Fabriken sind ja so schlau, höhere Löhne zu zahlen wie wir armen Handwerker und ziehen so die tüchtigsten Leute an sich, das kann so nicht fortgehen!

5. Scene.

Vorige, Gruber, Krügel (zu und abgehend).

Schlossermeister Gruber

tritt ein. Er ist ein großer, auffallend dicker Mann. Er trägt Arbeitskleidung und hat einen Dietrich sowie anderes Schlossergerät in der Hand.

Gruber.

„Guten Abend, meine Herrn! Ist die geheime Sitzung nun endlich aus?"

Schröter.

Ja, Gott sei Dank!

Elend.

Guten Abend, Herr Gruber. Immer noch im Geschäft?

Gruber.

Nein, das heißt, ja! Ich habe schnell noch einen zu=
gefallenen Geldschrank bei Moses Veilchenbaum aufmachen
müssen und eine Mark rein verdient. Das erste Geld seit
gestern und heute. Aber lieber wäre es mir gewesen, ich
hätte als Lohn einen einzigen Griff in so eine Geldschale
thun dürfen. Donner und Doria, mir wurde ganz schlecht,
wie ich da reinguckte. Ich muß eines hinter die Binde
gießen, damit mir wieder besser wird. (Er setzt sich und ruft):
Herr Krügel, ein Töpfchen.

Elend. (halb spöttisch).

Was hätten Sie nur mit des Juden Gelde anfangen
sollen. Sie sehen gar nicht so aus, als ob Sie es gar so
nötig brauchten!

Gruber.

Das ist eben mein Unglück, daß ich so fett bin. Wäre
das nicht, so ginge ich wahrhaftig lieber an die Promenade
und spielte Drehorgel. Da verdiente ich mehr.

Schröter.

Alles was recht ist, aber ich glaube, ich bin auch bald
so weit.

(Der Wirt bringt Gruben Bier).

Elend.

Na, wenn die feinen Leute so reden, was soll dann ich
armer Schuster sagen. Du lieber Gott! das ist heute das
erste Mal seit sechs Wochen, daß ich in ein Wirtshaus
komme. Und wenn Herr Schröter mein Bier nicht bezahlt,
so müßte es der Wirt ankreiden. Wann er etwas kriegte,
wüßten die Götter. Vielleicht hätte er einmal einen Absatz
gerade zu machen.

Gruber.

Ich weiß mir bald keinen Rat mehr. Ein ordentliches Stück Arbeit kommt nicht und könnte man auch gar nicht annehmen weil man kein Geld hat. Da giebts heute ein Schloß aufzumachen, morgen ein verstopftes Wasserleitungs= rohr in Ordnung zu bringen, dann ist einmal ein Schlüssel= bart abgebrochen oder eine Hängelampe anzumachen. Und davon soll Unsereins leben, sich kleiden, die schwere Miete bezahlen. Und die Familie will doch auch leben. Sie (zu Elend) können sich doch noch wenigstens Ihre Stiefeln selber machen. Das kann ich auch noch nicht einmal!

Elend (lacht bitter).

Was Ihnen nicht einfällt! Sehen Sie meine Stiefeln an, denken Sie, die habe ich gemacht? Das war früher einmal! Seit vielen Jahren reicht es nicht mehr für mich zu einem Paar neuen Stiefeln. Ich gehe zum Trödler und kaufe mir für fünfzehn Groschen ein Paar abgetragene. Die flicke ich zusammen und latsche sie weg. Neue Stiefeln — das ist etwas für reiche Leute.

Gruber.

Viel besser ist es bei mir auch nicht. Ich laufe längst auf deutschem Grund und Boden.

Elend.

Da gäb' es wohl ein Geschäft für mich!

Gruber.

Ja, wenn Sie mir inzwischen andere Stiefeln borgen wollen? Ich habe bloß das eine Paar.

Schröter.

Wenn es mit dem ehrsamen Handwerk allerdings so

weit ist, wie Sie da erzählen, so thäten Sie allerdings besser, es an den Nagel zu hängen und Sie suchten sich ein Unter= kommen, gleichviel als was und wo.

Elend.

Was kommt denn für Unsereinen groß in Betracht als Hausknecht oder Fabrikarbeiter zu werden. Zum Hausdiener bin ich zu schwach und Fabrikarbeiter? — Die grauen Haare kann man sich ja allenfalls schwarz färben um jünger auszusehen. Aber man wird dadurch nicht jünger. Man ist mit den neuen Methoden nicht so vertraut, man kennt die Maschinen nicht, man hat auch da die nötigen Kräfte nicht. Man versucht's, wenn man wirklich Glück hat, auf ein Paar Tage. Dann heißt es, der Kerl ist ein Pfuscher und ausgemergelt ist er bis auf die Knochen. Der verdient nicht einmal, was sein Platz Miete kostet. 'raus mit dem alten Kremper!

Gruber.

Für mich wäre das nun schon gar nichts! Was würden die Leute sagen, wenn ich meinen dicken Bauch in ein Fabrik= komptoir hinein balancieren wollte! Auslachen würden Sie mich und glauben, ich halte sie zum besten. Nein, nein! Und so weit würde ich mich auch gar nicht wegwerfen. (Springt erregt auf). Donnerwetter, habe ich dazu mein Gesellen= stück und mein Meisterstück gemacht, daß ich als alter Kerl Fabrikarbeiter werde? Habe ich mich dazu dreißig Jahre lang als selbständiger Bürger ehrlich und rechtlich durch= geschlagen, habe ich dazu die Feldzüge mitgemacht, bei jeder patriotischen Gelegenheit illuminiert und geflaggt, daß ich mich jetzt von den jungen Laffen in der Fabrik utzen lasse? Pfui Teufel! Lieber verhungere ich als freier, selbständiger Handwerksmeister!

4*

Schröter (reicht ihm die Hand).

Recht so, jedes Ding hat seine zwei Seiten. Wir müssen eben aushalten und auf bessere Zeiten hoffen.

Gruber.

Ja, ich lasse deswegen die Hoffnung noch nicht sinken. Im Gegenteil, ich habe Aussichten, ganz gute Aussichten. Ich habe einen Apparat erfunden, der in jeder Familie Tag für Tag gebraucht wird. Er ist großartig, arbeitet ausgezeichnet und wird, so bald ich ihn erst in Menge herstellen kann, sehr billig sein, also von Jedermann gekauft werden. Aber mir fehlt das Geld um die Sache auszubeuten. Mit zweihundert Mark wäre alles gethan!

Schröter.

Verkaufen Sie doch das Modell einem Unternehmer. Da haben Sie keine Auslagen und kein Risiko.

Gruber.

— und die Erfindung bin ich auch glücklich los. Entweder sagt der Fabrikant, die Erfindung taugt nichts und er nützt sie dann hinter meinem Rücken aus oder er ist großmütig und speist mich mit einem Trinkgeld ab. Nein, das mache ich nicht. Ich werde doch zweihundert Mark auftreiben können? Für Sie wäre es doch ein leichtes, mir gefällig zu sein!

Schröter.

Für mich? Was denken Sie sich bloß! Zweihundert Mark! Ich danke es meinem Schöpfer, wenn ich von einem Sonnabend zum andern den Lohn für meine Gesellen zusammenbringe, und bin, wenn ich sie mit Mühe und Not ausbezahlt habe, leer wie ein ausgenommener Hering. Ich

kann es nicht, ich habe es nicht, so gerne wie ich jeman=
dem helfe.

Gruber.

Thun Sie doch nicht so, gegen mir sind Sie doch der
reinste Krösus.

Schröter.

Das sieht so aus weil mein Geschäft gerade noch so
geht. Arbeit ist ja auch, Gott sei Dank, genug da. Aber
es bezahlt niemand, alles geht auf Rechnung, alles wird
geborgt. Wie man durchkommt, darum kümmert sich kein
Mensch.

Gruber.

Na, wenn Sie die Paar Mark wirklich nicht daliegen
haben — Sie haben doch Credit. Hier der Wirt, der hat
es sicher. Man müßte einmal versuchen!

Schröter.

Ich weiß nicht, ob der etwas hat, und wenn, ob er es
hergeben wird.

Gruber (ruft).

Herr Wirt, vier Schoppen! (zu Schröter). So ein Wirt
hat immer Geld, es kommt ja fortwährend welches ein!

Krügel (bringt das Bier).

Wohl bekomm's!

Gruber.

Warten sie doch einen Augenblick und trinken Sie einen
mit, Herr Schröter will Ihnen etwas sagen.

Krügel.

So? Na ich stehe zu Diensten. (setzt sich zu den Gästen).

Schröter.

Mich geht die Sache doch eigentlich gar nichts an. (zu Krügel). Hier mein Freund Gruber will eine größere Arbeit ausführen und ist augenblicklich nicht bei Kasse. Er meint, Sie möchten ihm mit zweihundert Mark aus der Verlegenheit helfen.

Krügel.

Ich?

Gruber.

Ja Sie! Und Sie riskieren dabei ja auch gar nichts. Denn sehen Sie mal, in einigen Wochen nehme ich fünfmal so viel ein und außerdem will Ihnen ja Herr Schröter Bürgschaft leisten. (Er blinzelt Schröter zu).

Schröter.

Das habe ich gerade noch nicht gesagt.

Krügel.

Nanu, Herr Schröter, da geben Sie ihm doch das Geld selbst.

Gruber (hastig).

Das würde er ja, wenn er es gerade da hätte. Aber sehen Sie, ein Mann wie er hat sein Geld im Geschäft stecken und was er bar liegen hat, braucht er selbst. Er ist Ihnen doch für die Lumperei gut?

Krügel.

Freilich, freilich! Aber wirklich, ich habe es auch nicht im Hause. Was ich die Woche über übrig behalte schicke ich auf die Sparkasse, wenn die Brauerei und der Fleischer bezahlt sind. Im Hause lasse ich so viel Geld nicht, denn man weiß nie, was einmal vorkommt. Zweihundert Mark — ich müßte sie rein stehlen!

Gruber.

Mein Gott, dann doch wenigstens einhundert!

Krügel.

Was ich Ihnen sage: ich habe sie nicht!

Gruber.

Ja wirklich, in der Not hat man keine Freunde!

Schröter.

Das können Sie doch nicht sagen. Wenn Sie jemanden finden, der es Ihnen giebt, so will ich ja Bürgschaft leisten. Mehr kann ich eben nicht.

Gruber (zum Wirt).

Na hören Sie?

Krügel.

Wenn auch. Aber ich kann mir doch nicht aus den Rippen schneiden, was ich einmal nicht habe!

Gruber.

Nein, aber daß Sie nicht wenigstens fünfzig Mark haben sollten, machen Sie mir doch nicht weiß!

Krügel.

Das will ich ja gerade nicht behaupten. Aber morgen früh muß ich den Brauer bezahlen und dann bin ich wieder so gut wie blank.

Gruber.

Aber dreißig Mark haben Sie übrig?

Krügel.

Darauf soll es mir nicht ankommen.

(Krügel, der schon vorher wiederholt aufgestanden war um wegzugehen, von Gruber aber stets am Ärmel zurückgehalten wurde, geht ins Gast= zimmer und kehrt bald mit dem Gelde zurück).

Schröter.

Mir dürfen Sie es nicht übelnehmen, mir steht das Wasser allein schon bald so hoch! (Er hält die flache Hand über den Mund).

Krügel (zählt das Geld auf).

Wohl bekomms! (sich verbessernd) Ach so! — Hier wird sein. Aber Herr Schröter steht gut! (ab).

Schröter.

Ja! (für sich) Mir wär's ja auch recht, wenn mir jemand helfen wollte.

6. Scene.

Vorige. Wurm.

(Professor Wurm tritt ein. Er ist ein kleines, altes, bewegliches Männchen mit selbstbewußtem, zuweilen pedantischem, aber im allgemeinen freundlichem Auftreten. Er trägt eine große Brille, langes Haar, aber keinen Bart, unter dem Arme hat er ein mächtiges Aktenstück).

Wurm.

Ah, hier sind die Herren zu finden. Da seh' Einer an. Unsereins rennt im Interesse des Handwerks treppauf, treppab und die Herren Meister sitzen hier beim kühlen Trunke!

Schröter (springt auf, mit tiefer Verbeugung).

Verzeihen Sie, Herr Professor, es ist sonst nicht meine Mode, in der Kneipe zu sitzen. Aber meine Gesellen hatten mich hierher bestellt. Sie wollten am liebsten streiken, wenn ich ihnen keine Lohnzulage versprochen hätte.

Wurm.

Sehen Sie mal an. Die Undankbaren. Was die nur bei Ihnen auszustehen haben. Wäre ich nicht Professor, ich möchte Tischlergeselle bei Ihnen sein! Ich habe ja schon als kleiner Junge mit Vorliebe an den Möbeln herumge= schnitzelt. Aber so sind die Menschen. Die Unzufriedenheit kennt schon bald keine Grenzen mehr. Und leider nicht bloß die ganz gewöhnlichen Arbeiter sind unzufrieden, nein, auch andere Stände, und nicht zum mindesten die Handwerks= meister. Der Umstand gerade führt mich zu Ihnen. (Setzt sich zu Schröter). Doch wer sind denn die beiden Herren? Wohl Ihre Freunde!

Schröter (vorstellend).

Ja, das ist der Schlossermeister Gruber, der andere der Schuhmachermeister Elend. (Die Genannten verbeugen sich linkisch). Herr Professor Wurm!

Wurm.

Ausgezeichnet, das trifft sich ja herrlich. Da fange ich gleich drei Fliegen mit einem Schlage. Doch nun zur Sache. Ihre liebe Frau sagte mir, daß Sie hier seien und weil der Weg nicht weit ist, kam ich her, um meine Angelegenheit zu erledigen.

Schröter.

Hat Ihnen das Bücherspind, das ich Ihnen lieferte, nicht gefallen.

Wurm.

O doch, mein Lieber. Sie haben sich wieder einmal

übertroffen. Meine Frau ist voller Bewunderung und mit mir in dem Urteil einig: Das ist eine Leistung, wie sie sich den besten Leistungen unserer Kunsthandwerker würdig zur Seite stellt.

Schröter (geschmeichelt).

Nun ja, man sieht sich ja auch seine Kunden an.

Wurm.

Daran thun Sie auch sehr recht. Was wirke ich nicht alles auf dem Katheder und im öffentlichen Leben für das Handwerk! Ich opfere mich wirklich auf! Nun, ich sagte Ihnen vorhin schon, daß die Begehrlichkeit — ich meine die Unzufriedenheit — unter den Handwerkern schrecklich zunimmt.

Elend (demütig).

Wenn Sie gütigst erlauben, Herr Professor, so ist das ja auch gar kein Wunder. Was ist denn noch mit dem Handwerk? Flicker sind wir, Murkser, die mit dem zufrieden sein müssen, was ihnen die Fabrikanten übrig lassen. Und was sind die Fabrikanten? Hergelaufene Leute, die nichts gelernt haben, meistens Juden, die nichts verstehen, als die Christen übers Ohr zu hauen. Schaffen Sie uns die Juden vom Halse, dann werden wir nicht mehr so unzufrieden sein.

Wurm.

Lieber Herr Jammer, das geht doch nicht. Die Juden sind wie die Dornen an der Rose — im Allgemeinen und Großen und Ganzen zwar kein Genuß, aber es giebt doch ohne diese keine solch lieblich duftenden Blumen. Wollen wir uns also unseres Staatswesens so recht von Herzen erfreuen, so sind die Juden in diesem Staate so wenig entbehrlich wie die

Dornen an der Rose. Doch Spaß bei Seite! Die Juden sind eben auch Menschen, die der Staat schützen muß und unser humanes Zeitalter kennt doch nur gleiches Recht für alle.

Gruber (bescheiden).

Ich erlaube mir ergebenst beizustimmen. Wenigstens mit Bezug auf die Juden, die wir ja ebenso wenig loswerden wie die Mücken. Da nützt alles Lamentieren nichts. Ich möchte aber freundlichst anfragen, wo eigentlich unser Recht, das Recht der Handwerker ist?

Wurm.

Lieber Gott! Nun, in unserem Rechtsstaate finden Sie es. Sie dürfen Fabriken begründen, Handel treiben, thun, was Sie wollen, soweit es das Gesetz nicht verletzt. Mehr Recht haben die Juden auch nicht.

Gruber.

O ja, eine Fabrik gründen, dazu hätte ich auch Lust —

Elend.

— und mit Stiefeln handeln ist auch viel besser wie welche machen oder gar flicken. Der Verstand fehlt uns auch nicht dazu aber das Geld, das die Juden in der Tasche haben.

Wurm.

Lieber Herr Jammer, der Jude kommt ins Gefängnis, wenn er Geld stiehlt. Nun sehen Sie, also gestohlen kann er's nicht haben, wenn er welches besitzt. Er hat es erworben, vielleicht auf schlaue oder gar raffinierte, jedenfalls aber auf ehrliche Weise.

Elend.

Manchmal auch auf die Weise! (Macht die Geste des Hals= abschneidens).

Wurm.

Wir stehen doch auf dem Boden der Gesetzlichkeit. Der Halsabschneider gehört ins Zuchthaus, ob er nun Christ oder Jude ist.

Schröter.

Sehr richtig!

Elend.

Ja ja, aber er kommt nicht hinein, weil er sich mit seinem Gelde herausschwindelt.

Wurm.

Unsere Gerichte sind gerecht, aber die Nürnberger hängen keinen, sie hätten ihn denn. Kommt wirklich einmal ein ungerechtes Urteil vor, so liegt das eben an der Unzulänglichkeit aller menschlichen Einrichtungen.

Elend.

Und ich glaubte, es läge an den Juden.

Wurm.

Der Jude hats einmal mit Ihnen verdorben, liebster Jammer.

Elend.

Und wie! Aber wenn Sie gestatten, Herr Professor, so heiße ich nicht Jammer, sondern Elend!

Wurm.

Ach so, Jammer oder Elend, so was wars doch, wenn auch der Jammer eigentlich nur eine Form der Sichäußerung des Elends ist. Aber deshalb nichts für ungut!

Elend.

Ach nein, wer so viel im Kopfe hat wie Sie, der kann

den Namen eines armseligen Schusters schon einmal ver=
wechseln. Was aber die Juden anbelangt, die liefern die
Stiefeln schon billiger, als ich das Leder beziehe. Welcher
Mensch wird da so unvernünftig sein, bei mir ein Stück
machen zu lassen.

Wurm.

Wenn Sie anstatt Juden einfach Großindustrielle sagen
wollen, so haben Sie ohne weiteres Recht. Sie leiden unter der
Schmutzkonkurrenz, das ist wahr. Aber es giebt noch mehr
Gründe für den Niedergang des Handwerks. Das Hand=
werk leidet durch die ungenügende Ausbildung seiner Ver=
treter, sie hängen zu sehr am Alten und folgen nicht den
Fortschritten der Technik, sie sparen nicht!

Gruben.

Ich fange jetzt an!

Elend.

Ich auch!

Wurm.

Ich meine, die Handwerker sparen nicht zur rechten
Zeit und fangen Geschäfte an ohne genügendes Kapital zu
besitzen. Dann leidet auch das H a n d w e r k an über=
füllung.

Elend.

Ja ja, es giebt zu viel Menschen, man müßte not=
wendig wieder mal einen Krieg führen, denn eine Portion
direkt totschlagen, das geht doch nicht!

Wurm.

Ach was! Die Leute, die fallen können, sind doch nicht
bloß Producenten, sondern auch Consumenten, das heißt, sie

schaffen nicht bloß, sondern sie verbrauchen auch das, was andere schaffen. Nein, nein. Die Handwerker müssen den Befähigungsnachweis führen können wie wir, wenn wir irgend ein Amt bekleiden wollen. Das wäre auch schön, wenn jeder Querkopf sich zum Professor machen könnte wie jeder Hausdiener zum Handwerksmeister. Schließlich klopfte es einmal an Ihre Thür, Sie öffnen, und wer steht draußen? Ich, und spreche mit dem Hute in der Hand: Entschuldigen Sie, ein armer reisender Professor! Sehen Sie meine Herren, die Handwerker müßten auf die Regierung einwirken, von ihr energisch verlangen, daß sie ihnen hilft. Aber was thun Sie denn? Nichts als raisonnieren und damit erreicht man nichts. Einer meiner Freunde wird im Reichstage einen Antrag einbringen, dessen Ausarbeitung ich nicht ferne stehe. Aber wir müssen wenigstens den An= schein erwecken, als ständen die Handwerker hinter uns und deshab setze ich eine Petition in Umlauf, die auch Sie unterschreiben sollen. (Er öffnet das mitgebrachte Aktenstück.)

Schröter.

Ja, — was wird denn eigentlich beabsichtigt?

Wurm.

Jeder Handwerker muß seiner Zunft angehören und an ihren Zielen mitarbeiten; nicht der Vater, sondern die Polizei bestimmt, welchem Gewerbe sich ein aus der Schule entlassener Knabe zuzuwenden hat, damit die Über= füllung der einzelnen Fächer vermieden wird. Der junge Handwerker muß von seinem Eintritt in die Lehre an sparen, damit er ein Kapital zusammenbringt und sich nicht mit leeren Händen zu etablieren braucht. Der Handwerker muß ferner eine Gesellen= und eine Meisterprüfung machen, er darf keine Wechsel oder Schuldscheine unterschreiben, er muß in der Staatslotterie spielen, damit er Aussicht hat, gelegentlich einen großen Gewinn zu machen und wenn er sich verheiraten will, hat er den Nachweis zu liefern, daß ihm seine Frau ein Vermögen von mindestens dreißigtausend Mark zubringt, wie dies ja ähnlich auch von den Soldaten= bräuten verlangt wird.

Gruber.

Das ist aber lauter „muß".

Wurm.

Freilich, aber erziehen Sie doch einmal Ihre Kinder ohne Zwang. Das geht nicht. Und so ist es mit den Handwerkern auch. Sie müssen „müssen" sonst ist ihnen nicht zu helfen.

Gruber.

Ich bin ja ein viel zu unstudierter Mann und verstehe eigentlich nicht recht, wie man uns helfen kann, wenn man unser bißchen Recht beschneidet und uns dafür eine Menge Pflichten auflegt. Aber wenn der Herr Professor meinen —

Schröter (unterschreibt).

Zeit wäre es schon, daß irgend etwas für das Hand= werk geschieht, höchste Zeit. (giebt das Blatt an Gruber).

Gruber.

Ja, das meine ich auch, etwas ist immer besser als gar nichts und wenn es auch Unsereiner nicht so recht be= greift und versteht — wozu haben wir denn eine Obrig= keit? (Unterschreibt und giebt das Blatt an Elend).

Elend —

Die Juden müssen aber alle ins gelobte Land spediert werden. (Unterschreibt).

Wurm. (lachend).

Denen gefällt es ja hier auch.

Elend.

Ja leider, das ist es ja eben; weil sie nicht arbeiten und nur schachern wollen. (Springt auf). Herrgott, wäre ich glücklich, wenn ich so einen Kerl vor meinem Ende doch auch einmal übers Ohr hauen könnte und wenn es um fünf Pfennige wäre! Aber ich muß gehen, ich habe ja keinen Hausschlüssel. (Leise zu Schröter.) Sie bezahlen doch für mich! Gute Nacht, Herr Professor, es war mir eine große Ehre!

Wurm (erhebt sich gleichfalls, ihm die Hand gebend.)

O bitte die Ehre war auf meiner Seite.

Gruber (zu Schröter leise):

Ich habe zwei Glas Bier — ich will nicht erst wechseln. Wünsche wohl zu schlafen!

Wurm.

Noch eins meine Herren. Agitieren Sie ja recht für die Petition, sammeln Sie selbst Unterschriften; ich lasse Ihnen Formulare hier. Je mehr Handwerker hinter uns stehen, desto mehr Erfolg wird die Petition haben. So kann es doch nun einmal nicht bleiben, es muß anders werden. Der Unzufriedenheit muß ein Damm entgegengesetzt werden. Der Handwerker war früher geduldig, aber wir wollen ihn nicht verloren geben, es muß ihm geholfen werden, denn noch ist zu bessern. Ohne Geld ist er machtlos, ohne Kapital muß er das Opfer des Unternehmertums werden. Deshalb muß man ihm helfen, sich Mittel zu erwerben. Das aber will die Petition in die Wege leiten. Undnun will ich

Sie nicht länger aufhalten. Gute Nacht meine Herren! (Gruber und Elend entfernen sich unter wiederholten linkischen Verbeugungen.)

7. Scene.

Wir aber, Herr Schröter, wollen doch gleich ein Stückchen der Handwerkerfrage praktisch lösen. Ich will Ihnen den Bücherschrank bezahlen! (Er greift nach der Brieftasche.)

Schröter (mit unterdrückter Freude).

O, das hat doch keine solche Eile!

Wurm.

So? Na, wie Sie wollen, da machen wir es ein anderes Mal ab. Gute Nacht, Herr Meister! (Ab).

Schröter (verbeugt sich).

O verflucht . . . . Und ich habe darauf gelauert wie der Hund auf die warme Suppe!

Schluß des zweiten Aktes.

———

Perſonen des dritten Aktes.

————

Schröter.
Emma.
Grete, beider Tochter.
Hans.
Paul, zweiter Lehrjunge.
Baum, Holzhändler.
Ulrich, Gerichtsvollzieher.

————

Dritter Akt.

(Schröters Wohnzimmer, einfach, aber behaglich eingerichtet, etwas altmodisch. Links steht ein Sofa mit Tisch, rechts ein Vertikow. An den Wänden hängen einige patriotische Öldrucke, eine Thür rechts führt zur Werkstatt eine links zu Gretes Stube).

1. Scene.

Hans, dann Paul.

Hans (mit Abstauben der Möbel beschäftigt.)

Eijentlich, wenn man's recht nimmt, is diese Abstauberei janz unter meiner männlichen Würde. Bin ick denn 'n Hausmädchen? Nee! Een Jlück, det wir wenigstens keene kleene Kinder haben. Die müßte ick jedenfalls ooch noch inwiejen und insingen und mit sie schbazieren fahren! Na, for die Kinder is et ooch een Jlück, denn se brauchten for Keile nich zu sorjen. Ick würde sehr strenge sin mit de Jöhren. — Schade, ick hatte mir schon so jefreut uf det Streiken. Ick hätte natürlich mitjestreikt! Und nu is et nischt jewor'n. Die Jesellen kriejen die Zulage und wir Jungens — —? Wir kriejen ooch Zulage, aber uf de Backen. Der Meester is jetzt immer verdammt kritisch un die Meestern erscht! Und nu die Schtullen jetzt! Na, ick sage so viel, ich sage jar nischt!

(Paul, der zweite Lehrjunge, öffnet die aus der Werkstatt nach dem Zimmer führende Thür ein wenig und lugt verstohlen durch die Spalte. Als er sieht, daß die Luft rein ist, tritt er ein. Er trägt ein Bouquet in der Hand).

Hans.

Nanu, wat bringst Du denn da, ick habe doch keenen Jeburtstag!

Paul.

Dat is ooch nich für Dich. Dat is for Fräulein Jretchen!

Hans.

Wat, for die Jrete? Na jieb her, dat drage ick ihr selber rinn. (Er will das Bouquet nehmen).

Paul.

Nee, ick bringe et ihr. Der Herr Beier hats ausdrücklich mir jejeben!

Hans.

Wat, der Beier, unser Jeselle? Und nu jiebst Du mirs jrade! (Er greift wieder nach dem Bouquet).

Paul.

Nee, wat willst Du eijentlich, Ick solls wohl 'm Meester sagen?

Hans.

Nu Du alte Klatschbase, wat verstehst denn Du? Ick liebe die Jrete und ick werde ihr heiraten wenn ick erst frei bin. Jleich giebst Du's her!

(Hans entreißt Paul das Bouquet. Dieser will es zurücknehmen, Hans schlägt ihn damit um den Kopf. Schließlich balgen sich beide auf dem Boden herum wobei Paul den Kürzern zieht).

Hans (während des Prügelns).

So 'n Schafskopp! Will der Jrete Puketter vom Beier

bringen. Dir hau' ick ja, daß Du 'ne Stulle von der Meestern for 'n Elephantenfressen ansiehst. Mir kannst Du doch nicht widerstehen, Du Knirps, Du elendijer!

Paul.

Na wart', ick sags dem Meester, Au, au!

Hans.

Sags doch ooch der Meestern!

Paul.

Au, au, Du bist wohl verrückt? Und dem Herrn Beier sag' ich's!

Hans.

Nu da sag' 's 'n doch. Uf wat wartest Du denn noch!

2. Scene.

Vorige, Schröter.

Schröter (kommt aus der Werkstatt).

Was ist denn das hier für ein Lärm. Was giebt's denn da?

(Die Jungen stehen langsam auf und zupfen ihre Kleider zurecht).

Paul (weinend).

Der Hans hat mir das Pukett wegjenommen!

Hans.

Dat is nich wahr! Ick habe bloß mal riechen wollen!

Schröter.

Was ist denn mit dem Bouquet. Wem gehörts denn?

Paul.

Ick solls der Jrete jeben!

Schröter.

So, so! Von wem ist es denn?

Paul (verlegen).

Det — det — det weeß ick nich!

Hans.

Jawoll, er weeß et janz jut!

Schröter.

Sage es, Bengel, wo sind die Blumen her?

Paul (weinend).

Ach, ich darf ja nich, der Beier haut mir!

Schröter.

Also vom Beier. Das ist ja ganz allerliebst. Na warte nur, Bürschchen. (Zu den Jungen). Nun fegt einmal schnell die Blumen zusammen und scheert Euch an die Ar= beit, sonst giebts am Ende noch etwas!

(Die Jungen lesen die herumgestreuten Blumen zusammen und ent= fernen sich scheu nach der Werkstatt).

3. Scene.

Schröter gleich darauf Beier.

Schröter (ruft den Jungen nach).

Schickt mir doch schnell den Beier 'raus. (Für sich), Dem will ich doch gleich den Standpunkt klar machen!

Beier (in Arbeitskleidung, tritt ein und bleibt an der Thür stehen).

Schröter (erregt).

Beier, was ist denn das eigentlich, was haben Sie denn mit meiner Tochter vor?

Beier.

Ich?

Schröter.

Nun ja, denken Sie ich rede mit der Wand?

Beier.

Was soll ich denn mit ihr vorhaben?

Schröter.

Ja, das möchte ich eben gerade wissen. Umsonst kaufen Sie ihr doch keine Bouquets.

Beier.

Das ist richtig. — Einmal muß es ja doch gesagt sein: Ich wollte mich Ihrer Tochter nähern und sie heiraten!

Schröter (höhnisch).

Sonst nichts? Na hören Sie mal, wer sind Sie denn eigentlich? Der Tischlergeselle Beier! Was haben Sie denn? Einen Werktagsanzug und einen Sonntagsanzug, dann gerade so viel, daß Sie sich satt essen können und außerdem große Rosinen im Kopfe. — Und damit wollen Sie heiraten, und noch dazu meine Tochter? Nein, so ganz gescheit können Sie doch nicht sein. Hier haben Sie Ihren Lohn für diese Woche (er zählt das Geld geräuschvoll aus seinem Portemonnaie auf) und dann machen Sie, daß Sie wegkommen, verstanden?

Beier.

Soll ich nicht wenigstens bis zum Sonnabend arbeiten?

Schröter.

Nein, nein, machen Sie nur, daß Sie 'rauskommen!

Beier.

Wie Sie wollen. Ich habe ja nichts, das stimmt. Aber ich habe jahrelang für Sie gearbeitet und hätte eben so gut auch für meine eigene Familie zu arbeiten verstanden. Geschenkt will ich jedoch nichts von Ihnen. Hier haben Sie Ihr Geld für die paar Tage bis zum Sonnabend wieder!

(Er giebt Schröter Geld zurück und geht dann nach der Werkstatt. Schröter hat während der Worte Beiers erst mehrfach nach der Thür gewiesen und sie dann geöffnet).

Schröter.

Ja, ja, es ist gut, geh'n Sie nur, geh'n Sie. (Für sich). Wie protzig der Kerl noch ist, man sollte es gar nicht für möglich halten! Erst wiegelt er mir die Leute auf, daß ich jetzt so und so viel mehr Lohn zahlen muß und ich weiß nicht, wo ich es hernehmen soll und nun —

4. Scene.

Schröter, Emma und Grete.

(Emma kommt, gefolgt von Grete, aus der Werkstatt. Grete ist sehr aufgeputzt und trägt hochmütiges Benehmen zur Schau).

Emma.

Was ist denn los, Du schickst den Beier fort? Was giebts denn eigentlich?

Schröter.

Na, was wirds denn groß geben? Der Beier möchte mit der Grete ein Techtelmechtel anbändeln!

Grete (wegwerfend).

So eine Unverschämtheit!

Schröter (zu Grete).

Du weißt doch hoffentlich nichts davon?

Grete.

Aber Vater, wo denkst Du denn hin?

Emma.

Es ist ja richtig, der Beier ist wohl arm von Hause aus. Aber er ist ein tüchtiger Arbeiter und ein sparsamer Mensch!

Schröter.

Damit lockt man aber heutzutage keinen Hund hinterm Ofen hervor!

Grete.

Mutter, wie dumm Du nur wieder redest. Ich werde so einen gewöhnlichen Arbeiter nehmen, ich, die Tochter des Möbelfabrikanten Schröter!

Schröter.

Na, ich bin mit dem „Tischlermeister" zufrieden.

Grete.

Du bist eben auch schon so altmodisch wie die Mutter und paßt nicht mehr in die Welt.

Emma.

Dein Hochmut wird sich schon noch legen!

Grete.

Ach was. Wenn sich nur Deine Demut endlich einmal legen möchte! Wenn ich einmal heirate, dann muß es etwas anständiges sein. Ich bin schön, das sagen alle Leute, ich bekomme eine anständige Aussteuer und hoffentlich eine ordentliche Mitgift. Nicht wahr Vater?

Schröter, (seufzt).

Grete.

Mein Mann muß mindestens ein Beamter sein, ein Regierungsrat oder so etwas, meinetwegen auch ein Offizier oder ein Graf. Nur nicht so etwas gewöhnliches!

Emma.

Kind, Kind, ich bin auch mit einem Tischler zufrieden gewesen!

Grete.

Ja Du, Du hast auch nichts besseres bekommen!

Emma, (erregt).

Bilde Dir nur nicht gar so große Stücke auf Dein Gesicht ein. So etwas vergeht alles wieder. Ich war auch einmal jünger. Aber freilich, so herausgeputzt mit Schleifen und Bändchen und Löckchen und Brochen und Ringen habe ich mich nicht. So viele neue Kleider und neue Handschuhe und neue Schirme und Fächer und Stiefelchen und teure Hüte habe ich nicht gebraucht. Ich brauchte auch mit sech=zehn Jahren noch keine künstlichen Zähne, keine falschen Zöpfe, keine Schminke. Aber Dein Vater und ich haben es auch zu etwas gebracht durch Sparsamkeit und Fleiß —!

Grete, (höhnisch).

— — und habt gehungert und gedarbt, seid hinterm

Ofen hocken geblieben und habt die Welt nicht genossen. Was habt Ihr denn heute, was seid Ihr denn? Wenn man sich nicht noch wenigstens „Fabrikant" nennen könnte und man glaubte, daß Ihr was auf der Seite habt — dann wäre es gar nicht zum Aushalten und man müßte sich rein schämen.

Emma.

Aber Grete!

Schröter, (einlenkend).

Grete hat schon recht, sie kann auch noch eine viel bessere Partie machen. Der Rittergutsbesitzer Müller, den wir auf dem Gewerbeballe kennen lernten und der so viel mit Grete tanzte, war doch schon einige Male hier. Und er erkundigt sich immer so angelegentlich nach ihr, daß es gar nicht anders sein kann, als er interessiert sich für sie.

Grete, (haftig).

Ist das wahr, Vater? Warum ladest Du ihn denn nicht einmal zum Essen oder auf den Abend ein!

Schröter.

Sobald er wiederkommt. Er soll ja furchtbar reich sein, und ein reicher Schwiegersohn ist doch auch keine Schande!

Emma.

Es wäre ja gewiß ganz schön, wenn er anbisse —

Grete.

Anbisse! Wie ästhetisch!

Emma.

— aber ich kenne ihn nicht und den Beier kenne ich.

Ich will ja auch gar nicht sagen, daß die Grete gerade den Beier nehmen soll —

Grete.

Das würde auch gar nichts helfen, denn das thut Fräulein Gretchen eben nicht! (ab nach links).

Emma.

— aber wir sollten ihr doch den Hochmut austreiben, denn der führt zu nichts Gutem!

Schröter.

Alle solchen Gänse sind so, das wirst Du mit Deinen Moralpredigten nicht ändern!

(Es klopft, Holzhändler Baum kommt aus der Werkstatt).

5. Scene.

Vorige ohne Grete. Baum.

Baum

Ach, da ist ja der Meister! Guten Tag, wie gehts denn? Guten Tag Frau Schröter! (Giebt beiden die Hand).

Schröter.

Guten Tag, Herr Baum! Wie's geht? Na, man lebt ja. Es ist gut, daß Sie kommen, ich brauche Holz!

Baum.

So, hm, na ja, das hat ja bis nachher Zeit. Was macht denn das Geschäft? Es muß doch gut gehen, wenn schon alles Holz verbraucht ist?!

Emma.

Es ist nicht gar so arg, sogar jetzt ein bischen still. Denken Sie nur, die Lieferung der Armensärge an die Stadt haben wir auch verloren. Ein Fabrikant macht sie jetzt noch billiger wie wir und wir hatten ohnehin schon fast nichts daran!

Baum.

Dann ist es auch nicht schade d'rum. Die Hauptsache ist, daß man verdient!

Schröter.

Am notwendigsten brauche ich Kiefer, Fichte —

Baum.

Ja, mein Lieber, erst müssen wir aber einmal über das Konto reden!

Schröter.

Ich bin Ihnen doch nichts schuldig!

Baum.

Der Wechsel des Bauunternehmers Schön, den Sie zum Ausgleich gaben, ist nicht eingelöst.

Schröter, (erschrocken).

Waas? Warum denn nicht?

Baum.

Er wird es wohl vergessen haben. Gestern war der Wechsel fällig und Schön ist vor drei Tagen bei Nacht und Nebel durchgebrannt.

Schröter.

Durchgebrannt? (Sinkt auf einen Stuhl). Da bin ich ruiniert, ich kann auch nicht zahlen.

Emma.

O mein Gott!

Baum.

Sie können nun nicht verlangen, daß ich mit den dreitausend Mark warte, bis der Schurke wiederkommt. Ich
werde auch gedrängt von allen Seiten und muß gegen Sie
als den Aussteller des Wechsels vorgehen.

Emma.

O Gott, o Gott, haben Sie doch noch Geduld!

Schröter (bitter).

Ja, haben Sie Geduld, Sie haben bis jetzt von mir
noch immer Ihr Geld bekommen. Ich bin kein Schurke!

Baum.

Das weiß ich. Aber Sie haben Ihre Wechsel in den
letzten Jahren auch nicht mehr pünktlich eingelöst. Ich habe
immer Nachsicht haben müssen, oft recht viel Nachsicht.
Nun haben Sie bei dem Schön nicht einmal die Vorsicht
gebraucht, für Ihre Forderung eine Kaution eintragen zu
lassen und werden nun, wie da die Sachen stehen, gar nichts
bekommen. Wie soll das erst jetzt werden? Sie müssen
zugeben, daß Ihr Kredit erschüttert ist.

Emma.

Ach Herr Beier, denken Sie nur, wie es uns jetzt
Schlag auf Schlag trifft. Für Werthmann hatten wir
hundert Küchenspinde gemacht. Nun nimmt er sie nicht,
weil sie ihm nicht passen und weil ihm mein Mann nicht
noch drei Mark am Stück ablassen wollte. Es sind hundert
Stück!

Baum.

Was wollte er Ihnen denn geben?

Schröter.

Zehn Mark.

Baum.

Hm, ich habe ja auch keine Verwendung und muß sehen, wie ich sie gelegentlich anbringe. Ich will sie übernehmen, aber für achthundert Mark. (Für sich): Wenn sie nun Werth=mann für zehn Mark übernimmt, verdiene ich noch immer zweihundert.

Schröter.

Sie würden mir einen Gefallen thun.

Emma.

Aber Mann, dann verlieren wir ja n o ch mehr.

Schröter.

Wenn schon — denn schon! Und Herrn Baum sind wir's doch einmal schuldig.

Baum.

Ich denke auch, es könnte Ihnen recht sein, wenn ich statt dreitausend Mark nur zweitausendzweihundert von Ihnen zu bekommen habe. Für den Rest aber muß ich gesichert werden, Herr Schröter!

Schröter.

Ja, wir zerreißen den Schön'schen Wechsel und ich gebe Ihnen ein anderes Accept. (Er holt aus einem Schubkasten ein Wechselformular, schreibt einige Worte darauf und übergiebt es Baum, der es genau betrachtet).

Baum (giebt den Wechsel zurück).

Ja mein Lieber, so geht das doch nicht, Sie müssen für ein paar gute Giranten sorgen. Denn wenn Sie wieder nicht zahlen, so bin ich auf dem alten Flecke. Das geht nicht mehr.

Schröter.

Mein Gott, wo soll ich denn Giranten hernehmen? Ich habe ja Außenstände, aber doch nicht so viel auf wenigen Posten.

Baum.

Machen Sie's, wie Sie wollen, ich kann nicht anders. Ich könnte Sie ja schon heute verklagen, aber ich will noch einmal ein Auge zudrücken und warte meinetwegen noch ein Vierteljahr. Aber sorgen Sie für Unterschriften. Bis morgen gebe ich Ihnen Ziel, da bringen Sie mir den neuen Wechsel und Sie bekommen den andern. Sonst, wie gesagt —. Die Schränke lasse ich heute holen und Holz kann ich Ihnen erst wieder liefern, wenn der neue Wechsel pünktlich eingelöst ist. Adje! (Ab).

6. Scene.

Vorige ohne Baum.

Schröter.

Adje! (Niedergeschlagen). Wie soll ich mich da wieder herauswinden. Ich weiß bald nicht mehr, wo mir der Kopf steht!

Emma.

Nach dem Buche haben wir doch noch viel ausstehen. Vielleicht bezahlen die Leute, wenn Du selber hingehst.

Schröter.

Ich war ja gestern schon überall, aber meist umsonst.

Mit knapper Not, daß ich einige Wechsel erhielt, die ich aber schon weiter gegeben habe.

Emma.

Vielleicht findest Du doch noch einige, die den Wechsel für Beier mit unterschreiben.

Schröter.

Du hörst ja, daß ich schon gestern kein Glück hatte. Ich wüßte nicht, zu wem ich noch gehen sollte.

Emma.

Der Baum will aber doch morgen einen Wechsel mit Unterschriften haben, sonst klagt er. O Gott, wie soll das bloß enden!

Schröter.

Wie das enden soll? Ganz einfach, mit dem Konkurs! Der ehrliche, fleißige Handwerker geht zu Grunde, die andern, die ihn ausgesogen haben bis aufs Mark, die sind obenauf.

Emma (verzweifelt).

Mann, sprich nicht vom Bankerott. Das überlebe ich nicht, lieber gehe ich in's Wasser! — Wenn ich nur Dich nicht zurücklassen müßte!!

Schröter.

Um mich brauchst Du keine Sorge zu haben. Wenn es so fortgeht — und ich sehe ja kein Ende — habe ich auch nichts zu verlieren auf der Welt!

Emma.

Aber unsere Kinder! Die Leute werden mit Fingern auf sie zeigen. (Weinend ab nach links).

7. Scene.

Schröter, dann Hans, (zuletzt) Gerichtsvollzieher.

Schröter (nachdenklich).

— Es wird wirklich das Beste sein. Dann ist man doch die ganze Quälerei los. Aber ein paar Tage muß ich noch haben, um das Notwendigste zu regeln. Doch, die Wechsel! Unterschriften bekomme ich nicht, das ist sicher. Nicht einmal von denen, die mir schuldig sind! — — Doch, was liegt daran, wenn ich ihre Namen selbst schreibe? Schuldig sind sie mir ja. — Aber es ist ein Verbrechen. — Wie das Wort klingt! Was werden die Leute sagen! — — Ach was, wenn es herauskommt bin ich ja längst nicht mehr. Da mögen sie reden was sie wollen. Vielleicht kommt dann ein Verständiger doch darauf weßhalb ich zum — zum —. Nein, nein, es kann kein Unrecht sein. Ich schädige ja niemanden. Und einige Tage Galgenfrist muß ich doch haben! (Er setzt sich und schreibt mit plötzlichem Entschlusse einige Worte auf den Wechsel, steckt ihn in ein Couvert und ruft): Hans!

Hans (kommt aus der Werkstatt).

Ja!

Schröter.

Trage den Brief zu Herrn Baum und warte, er wird Dir etwas mitgeben!

Hans.

Jawohl! (Er nimmt den Brief und geht).

Schröter.

Er hat mir's ja angedeutet wie ich's anstellen soll. Denn er sagte doch: machen Sie's wie Sie wollen, Unterschriften muß ich haben! —

Gerichtsvollzieher Ulrich (kommt durch die Mittelthür und hat eine Aktenmappe unterm Arme).

Sie kennen mich wohl? Ich habe einen Zahlungs=befehl (er sieht nach den Akten) — — beantragt durch die Herren Kammrad und Öl, Maschinenfabrik in Leipzig — tausend Mark Restbetrag! Wollen Sie zahlen?

Schröter (lacht bitter).

Gerne, aber ich kann nicht! — Die durften wirklich noch warten, zwei Drittel habe ich ihnen bezahlt!

Ulrich (gleichgültig).

Dann muß ich zur Pfändung schreiten. Haben Sie bares Geld oder Wertpapiere?

Schröter.

Nein, hier ist das Portemonnaie! (Öffnet und zeigt es).

Ulrich.

Schon gut, dann müssen wir etwas aufschreiben. (Er siegelt die vorhandenen Möbel und notiert). Ein Sofa, fünfzehn Mark; ein Tisch, fünf Mark; drei Stühle, drei Mark; fünf Bilder, eine Mark! — Das reicht noch lange nicht. Wollen Sie mir also Ihre übrigen Räume zeigen. Zunächst das Magazin, dann die Werkstatt — —.

Schluß des dritten Aktes.

Perſonen des vierten Aktes.

Schröter.

Franz, ſein Sohn, Tiſchlerlehrling.

Lieschen, Schröters kleine Tochter.

Kretſchmar, Fabrikant.

Frau v. Knickeritz, Vereinsdame, nebſt Begleiterin.

Frau Klinkert, Hebamme.

Dr. Löwi, Arzt.

Müller, Gutsbeſitzer.

Paul.

Vierter Akt.

(Schröters Werkstatt mit nur mehr einer Hobelbank, über welcher der Meisterbrief hängt. Herumstehen einige alte beschädigte Möbel, ein defektes Schaukelpferd usw., Gegenstände, die man zum Reparieren gebracht hat. Schröter und Franz sind bei der Arbeit. Die Thür rechts führt nach der Wohnstube, die in der Mitte nach dem Corridor. — Das Ganze macht einen äußerst herabgekommenen Eindruck).

1. Scene.

Schröter und Franz. Kretschmar.

Fabrikant Kretschmar.

— — Mir kann es ja gleich sein, was Sie thun, Herr Schröter. Ich war aber der Meinung, Ihnen und Ihrem Sohne eine Wohlthat zu erweisen, wenn ich Ihnen anbiete, daß ich den Franz in meiner Möbelfabrik als Zeichner beschäftige. Ich habe seine Zeichnungen in der Lehrlingsausstellung gesehen und in der That: sie verraten Talent!

Schröter (ohne sich in seiner Arbeit stören zu lassen).

Ich brauche Ihre „Wohlthaten" nicht, Herr Fabrikant. Erst bringen Sie den ehrlichen Handwerksmeister auf den Hund durch Ihre Konkurrenz und dann möchten Sie großmütig Wohlthaten spenden!

Franz.

Aber Vater, ich möchte doch wirklich auch zu gerne zeichnen!

Schröter (unwirsch).

Was verstehst Du davon, dummer Junge. Erst lerne mit Hobel und Säge hantieren, dann kannst Du zeichnen, so viel Du Lust hast. Dein ewiges Herumschmieren wird mir überhaupt bald zu dumm und auch das Bücherlesen in jedem unbewachten Augenblicke werde ich Dir austreiben. Das sind hochmütige Marotten, die zu nichts führen. Arbeiten ist die Hauptsache für den Handwerker und noch einmal arbeiten. Das merke Dir, Du Grünschnabel!

Kretschmar.

Durch schwere Arbeit, wie sie die Tischlerei nun einmal mit sich bringt, bekommt man eine schwere Hand und dann wird aus dem Zeichnen nichts mehr. Das werden Sie als alter Fachmann wissen. — Und was Sie da noch sagen von Konkurrenz und auf „den Hund bringen" — lieber Gott, das liegt einmal im Zuge der Zeit! Hindere ich Sie denn, mir Konkurrenz zu machen, mich auf den Hund zu bringen? Das kann ich gar nicht. Die Konkurrenz ist eine Seuche, gegen die man sich nicht schützen kann. Man muß unterbieten und wieder herausschlagen, zusetzen und doppelt profitieren. Das ist die Kunst. Und im übrigen haben wir ja Gewerbefreiheit. Es sieht jeder, wo er bleibt. Helf er sich!

Schröter (wütend).

Ja, Sie helfen sich schon! Wenn andere für beinahe dasselbe Geld Möbel verkaufen, für das ich das Holz dazu einkaufe, wenn man von Bauunternehmern betrogen wird, wenn die beste Kundschaft am schlechtesten bezahlt, wenn

man dann seinen Verpflichtungen nicht mehr nachkommen
kann und bei niemanden Credit findet, weil man ja bloß
ein Handwerker, ein armseliger, erbärmlicher Handwerker ist,
wenn man dann froh sein muß, daß Einem der Gerichtsvollzieher eine Hobelbank, einen Hobel und eine alte Säge
übrig läßt, damit man Weib und Kinder ernähren kann
und mit seiner Familie nicht der Armenpflege zur Last fällt
— dann Schwerenot, dann helfen Sie sich nun auch einmal!!

Kretschmar.

Aber lieber Mann, bin ich denn an dem allen schuld?
Habe denn gerade ich Sie zu Grunde gerichtet, habe ich Sie
ins Unglück gestürzt?

Schröter.

Ja Sie, Sie und Ihre Freunde, die Fabrikanten, die
Großhändler. Sie sind schuld, Ihr seid alle schuld, Ihr
habt den Handwerker auf dem Gewissen! Und jetzt möchten
Sie noch meinen Sohn zum Fabrikarbeiter machen? Nein,
der wird ein Handwerker, ehrlich und strebsam wie ich es
war. Hoffentlich hat er mehr Glück. Daß er aber etwas
Tüchtiges lernt, dafür lassen Sie mich sorgen!

Franz.

Ach Vater, sieh mal, wir haben ja gar nichts mehr zu
thun wie lauter alte Flickereien. Was soll ich da lernen?
Zu zeichnen giebts doch nie etwas. Wenn die Leute etwas
Neues brauchen, kommen sie doch nicht mehr zu uns sondern
gehen zu einem ordentlichen.

Schröter. (wütend).

Was, ordentlichen? Bin ich denn kein ordentlicher
Tischlermeister?

Franz.

Freilich, aber die Leute glaubens doch nicht, seitdem sie uns alles weggenommen haben.

Schröter. (bitter).

Ja, das ist ja wahr. Ausgepfändet, manifestiert. — Ja ja, ich bin kein ordentlicher Mensch mehr. Und der Wechsel — —. O Gott!

Franz.

Ach Vater, laß' mich doch zu Herrn Kretschmar!

Schröter (rauh).

Meinetwegen, mach'; was Du willst, ich will Dir nicht hinderlich sein!

Franz (fällt ihm um den Hals, freudig.)

Du bist doch ein guter Vater!

Schröter. (stößt ihn unwillig von sich).

Mache, daß Du wegkommst. Du kannst gleich mitgehen, ich brauche Dich nicht mehr.

(Franz kleidet sich rasch an).

Kretschmar.

Sie werden es nicht bereuen, Herr Schröter. Aus Ihrem Sohne wird etwas Tüchtiges werden. Adje!

Franz.

Adje, Vater!

(Kretschmar und Franz durch die Mitte ab).

2. Scene.

Schröter (allein)

Schröter.

— — etwas Tüchtiges werden! Nun ja, ein Fabrik= arbeiter. Pfui, die Schande. Der Sohn des Tischlermeisters Schröter wird Fabrikarbeiter! (Bitter). Nun ja, es ist immer noch besser wie ein verlumpter Meister! (Er liest den Text des Meisterbriefes). „Dem Tischlermeister Johann Schröter wird hierdurch bestätigt, daß er am heutigen Tage seine Meister= prüfung vor dem Obermeister, dem Vorstande und Herren hiesiger wohllöblichen Tischlerinnung abgelegt und bestanden hat." (Aufs höchste erregt). Hol' der Henker die ganze Meister= schaft, wenn man dabei verhungern muß!

(Er wirft den Hobel, den er zufällig in der Hand hält, auf das Diplom so daß das Glas in Scherben geht. Dann sinkt er erschöpft auf einen Schemel).

Schröter.

— — Was, bin ich denn verrückt geworden? Dort in der Stube liegt mein armes Weib in Wochen und ich tobe hier wie ein Wilder! — — Johann, nimm Dich doch zu= sammen. Du hast ja ein Weib und Kinder, für die Du sorgen mußt, für die Du bei Vernunft bleiben mußt!

3. Scene.

Schröter. Paul.

Paul (Paul kommt, von einem Ausgange zurück, durch die Mitte. Er packt eine Menge Rechnungen aus).

Es war wieder nischt, Meester, mit Draht. Der Rentier Pumper sagte, er wird bei Jelegenheit vorbeikommen und bezahlen. Der Herr Pastor meente, er hat noch ein Betpult zu reparieren. Das will er nächstens herschicken und wird dann alles zusammen bejleichen. Dem Herrn Rejistrator war die Fußbank viel zu teuer. Er will erst einmal selber mit Ihnen reden. Der Herr Schindler hatte keen Kleenjeld, der Herr Meier war sehr juchtig und sagte, so eene Frechheit 'wäre ihm noch jar nicht vorjekommen daß ihn jemand mahnt. Die Frau Krausen meente, der Herr Krause wäre nicht zu Hause. Der Herr Schmidt sagte, wenn Sie ihn nicht jemahnt hätten, hätten Sie nischt jekriegt, so kriegen Sie erst recht nischt. Der Buchhalter Klex hat mich die Treppe runterjeschmissen.

Paul (kleidet sich aus und geht wieder an die Arbeit).

Schröter (seufzend).

So so, na ja, wie gewöhnlich. Was braucht denn der Handwerker zu essen, was braucht der Miete, Steuern, Schulden zu bezahlen. Der lebt ja von der Ehre.

4. Scene.

Vorige. Frau v. Knickeritz und eine andere Dame.

(Frau von Knickeritz tritt in Begleitung einer anderen Dame durch die Mitte ein süßlich und salbungsvoll).

Sie sind wohl Herr Schröter? Ich bin Frau v. Knickeritz und Vorstandsdame des Vereins zur Unterstützung verschämter Armen. Ich sammle milde Beiträge und hoffe, auch bei Ihnen nicht umsonst anzuklopfen!

Schröter.

Es thut mir recht leid, ich habe gerade kein Geld im Hause.

Frau v. Knickeritz.

O, ich bin auch mit Wenigen zufrieden. Denken Sie nur, lieber Meister, die Noth, die in vornehmen Familien herrscht, wenn sie arm sind, in Familien, die zu stolz sind, ihre Armut einzugestehen, die sich durch die gewöhnliche Arbeit doch nichts verdienen können. O, Sie haben keine Ahnung, wie schmerzlich es für solche ist, zu sehen, wie man den Armen der niederen Klassen von allen Seiten hilft, wie man für sie sorgt, während man die gebildeten Armen darben läßt. Und das sind doch gerade die Leute, die sich nicht trauen Jemandem zu sagen, wie arm sie sind, die sich um keine Unterstützung bewerben mögen, die nicht gelernt haben, sich irgendwie Brot zu verschaffen. O, diese armen Menschen müßten verhungern, wenn wir sie nicht aufsuchten, wenn wir ihnen nicht den Lebensunterhalt ins Haus brächten. Ja, ja, es ist furchtbar. Aber Gott sei Dank, wir haben viele Wohlthäter in allen Kreisen der Bevölkerung, die uns helfen, unsere Christenpflicht zu erfüllen. — Also werden doch wohl auch Sie um keinen Preis zurückbleiben wollen!

Schröter.

Verehrte Frau, zu betteln schäme ich mich allerdings auch, aber nicht zu arbeiten. Die Arbeit eines kleinen Handwerkers wird schlecht belohnt, ich bin auch arm. Sie können es mir glauben, ich habe im Augenblick nichts, — nichts übrig!

Frau v. Knickeritz.

Nun ja doch, ja. Es muß ja auch nicht sein, daß Sie mir gleich etwas geben. Ich bin schon zufrieden, wenn Sie mir erlauben, Ihren werthen Namen mit einem Jahresbeitrage in die Liste zu schreiben. Der Beitrag wird halbjährlich abgeholt und da merkt man ja die kleine Ausgabe gar nicht. Also drei Mark darf ich wohl einschreiben, nicht wahr, Herr Schröter? (Sie schreibt in ihr Notizbuch).

Schröter (seufzend).

Nun ja, meinetwegen.

Frau v. Knickeritz.

Ich danke Ihnen tausend Mal, es wird Ihnen reichen Segen bringen. Sie können sich darauf verlassen. (Sich umsehend). Aber erlauben Sie, man wird ja bei Ihnen ganz irre mit der Zeit! Es ist doch heute S o n n t a g und Sie arbeiten?

Schröter.

Leider, man m u ß!

Frau v. Knickeritz.

Haben Sie denn so viel zu thun?

Schröter.

Das weniger, aber man l a u e r t doch auf die paar Groschen. Und das auch noch manchmal vergeblich.

Frau v. Knickeritz.

Vergeblich? Das kann ich mir doch nicht denken. Man muß doch bezahlen was man arbeiten läßt und besonders seinem H a n d w e r k e r wird man doch nichts schuldig bleiben. Ich wenigstens fordere von meinem Schuhmacher, Bäcker, Tischler usw. alle h a l b e n Jahre die Rechnung und dann bezahlt mein Mann, s o b a l d er die Beträge für richtig befunden hat.

Schröter.

Man muß auch solche Kunden haben die b a l d be=

zahlen und **deshalb** sofort bedienen, weil man alle Tage essen will und alle Tage Geld braucht.

Frau v. Knickeritz.

Gewiß! Aber das ist doch kein Grund, den Sonntag zu **entheiligen.** Halten Sie sich doch Gesellen, damit mehr fertig wird und Sie rascher Geld erhalten!

Schröter.

Mit Flickereien, wie sie zu Unsereinem kommen, kann man keine Gesellen beschäftigen und dann noch viel weniger bezahlen!

Frau v. Knickeritz.

Aber die Sonntagsarbeit ist doch gesetzlich verboten!

Schröter.

Gott, ja! Man darf keine **Arbeiter** am Sonntage beschäftigen. Die **Arbeiter** sind da **geschützt.** Wir **Handwerksmeister** aber — wir dürfen arbeiten **früh** und **spät** und **Sonntag** und **Wochentag.** Und wenn uns einmal der Hobel aus der Hand fällt und sie legen uns in den Sarg, wo Sorge und Not aufhört, dann grämen wir uns sicher noch, daß wir nicht mehr arbeiten **können.**

Frau v. Knickeritz.

Ach, wer wird denn vom **Sarge** sprechen! (Ernst) Nein, nein, Herr Schröter. Sie sehen es ja an sich selbst! Auf **Sonntagsarbeit** ruht kein Segen. **Vergessen** Sie doch den **Segen** nicht. Ach, der ist uns ja allen so notwendig, so unentbehrlich. Nicht wahr, Sie vergessen ihn nicht? — Also nochmals meinen **herzlichen** Dank. Adje, adje!

(Frau Knickeritz mit ihrer Begleitung durch die Mitte ab).

Gerhard, Vernichtet! 7

5. Scene.

Vorige. Ohne Frau v. Knickritz. Kl. Lieschen.

(Das sechsjährige Lieschen ist inzwischen aus der Wohnstube gekommen, aber schüchtern und unbemerkt an der Thür stehen geblieben).

Lieschen.

Vater, die neue Tante, die die Mutter pflegt, hat ge= sagt, Du sollst mir einen Groschen geben. Ich soll beim Kaufmann Camillenthee holen!

Schröter.

Einen Groschen? (Er sucht in seinen Taschen, findet aber nichts, zu Paul): Hast Du denn nicht noch Geld?

Paul, (bedauernd).

Nee Meester, ick habe Ihnen doch schon alles jejeben. Ick habe selber nischt mehr. (Er durchsucht auch vergeblich seine Taschen).

Schröter.

Was machen wir nun, Lieschen? Vater hat kein Geld und Paul auch nicht. (Für sich): Giebts denn nicht noch was, was man versetzen könnte? (Zu Lieschen) Ach sieh' mal, Du hast ja noch Ohrringe. Willst Du mir nicht die schenken?

Lieschen (zögernd).

Nein!

Schröter.

Ach, schenk' sie mir doch. Sieh' mal, die bringt Paul zu einem Manne, der giebt uns Geld dafür und dann können wir Mutter den Thee kaufen.

Lieschen.

(drückt weinend die Hände vor die Ohren). Nein, nein! Ich will nicht!

Schröter.

Schenk' sie mir nur. Paul bringt Dir auch eine Zuckerdüte mit.

Lieschen.

Mich hungert!

Schröter.

— und Brot bringt er auch mit. Komm, mein Kind, mein armes Kind!

(Er zieht das Mädchen an sich und indem er die Händchen mit sanfter Gewalt von den Ohren entfernt, nimmt er die Ohrringe ab. Lieschen weint bitterlich).

Schröter.

Sei gut, sei gut. Wenn wir reich sind, kriegst Du viel schönere.

(Lieschen reißt sich los und läuft weinend in die Wohnstube).

Schröter.

Paul trage die Dinge aufs Leihhaus.

Paul.

Viel wirds dafor wohl nich jeben!

Schröter.

Sieh' nur zu, was Du herausschlägst.

Paul.

Na ja, ick will schon sehen, wat sich machen läßt. Ick bin ja 'n oller Kunde!

(Er nimmt die Ohrringe und geht durch die Mitte. Auf dem Corridor begegnet er dem Gutsbesitzer Müller).

Müller (hinter der Scene).

Holla, Junge, ist der Meister zu Hause? —

7*

Paul.

Ja, der is jetzt immer zu Hause. Seitdem er seinen Überzieher aufs — ick wollte sagen, beim Schneider hat, besorge ick die Geschäftsgänge. (Ab).

6. Scene.

Schröter, Müller.

Müller (eintretend).

Gehorsamer Diener, Herr Schröter. Wie ist das geehrte Befinden?

Schröter.

Willkommen, Herr Müller! Danke der Nachfrage. Es geht schlecht!

Müller.

Ihnen auch? Na Gott sei Dank, wieder ein Leidensgefährte!

Schröter.

Sie werden sich auch viel zu beklagen haben!

Müller.

Na ob! Gestern früh ist mir ein Pferd gestürzt, ein göttlicher Renner, gestern abend habe ich ein kleines Vermögen beim Kümmelblättchen verloren. Dazu die schlechten Getreidepreise! Donner und Doria! Es ist bald nicht mehr schön! (Sich umsehend). Sie haben sich recht eingeschränkt, wie ich sehe. Wollten wohl den Radau mit den vielen Leuten nicht haben? Kanns Ihnen nicht verdenken. Wenn Sie allein arbeiten, bleibt Ihnen auch der Verdienst allein. Sie brauchen niemandem etwas abzugeben. Hahaha!

Schröter.

Na ja, es waren viele Gründe. Reich zu werden hält schwer heutzutage, so oder so.

Müller.

Ja ja, wenn man nicht gleich etwas mit auf die Welt bringt, so ist es Essig. Ich könnte ja auch mehr haben, wenn mein Alter nicht so viel Wein und so teuren Wein getrunken hätte. Na' hab' ihn selig! Er hat mir immer noch genug gelassen um eine Familie zu ernähren, anständig auch noch!

Schröter.

Nun, so heiraten Sie doch!

Müller.

Will ich auch, natürlich, es ist die höchste Zeit, man wird alle Tage älter. Aber Sie wissen ja, wer mein Ideal ist. Ihre Grete! Kann man denn das Mädchen einmal zu fassen kriegen? Auf Bälle kommen Sie nicht mehr und wenn ich Sie besuche, ist die Kleine nie da. Ich wette, es ist heute nicht anders!

Schröter (zögernd.)

Ja sehen Sie, sie geht jetzt in ein Geschäft nähen!

Müller.

Ach Gott eine Nähmamsell! Wie schade um das liebliche Geschöpf. Das geht nicht mehr, nein, nein! Gott, die armen zarten Finger, wenn die den ganzen Tag die Nadel führen sollen. Und die süßen Augen, wie die sich anstrengen müssen. Nein, nein, ich werde für Gretchen sorgen!

Schröter.

Sie ist ja auch nicht abgeneigt. Machen Sie nur ein=
mal Ernst! Ich wäre ja auch froh, vor meinem Tode
wenigstens das älteste Mädchen unter Dach und Fach zu
wissen.

Müller.

Das wird geschehen. Ich gebe Ihnen mein Ehrenwort,
verlassen Sie sich darauf. Sie soll die meine sein, meinet=
wegen morgen schon!

7. Scene.

Vorige. Hebamme Klinkert.

(Die Hebamme Klinkert kommt mit einen schreienden Neugeborenen aus der
Wohnstube. Müller bemerkt sie verwundert und erschrocken und drückt sich in
eine Ecke, augenscheinlich um sich nicht erkennen zu lassen).

Frau Klinkert (freudig).

Lassen Sie sich gratulieren, Herr Schröter! Noch ein
Junge, was wollen Sie mehr! Es ist auch alles soweit gut.
Gott, sehen Sie blos, der ganze Vater. (Sie zeigt Schröter das
Kind, der es wehmütig betrachtet). Der Mund, die Augen, die
Nase, das Kinn, — alles dem Vater aus dem Gesichte ge=
schnitten, zu niedlich! Und was er für eine kräftige Stimme
hat und wie er strampelt und zappelt. Der reinste Engel!
Sehen Sie nur, die zierlichen Händchen, die Fingerchen,
die Nägel — alles richtig ausgewachsen. Der Doktor sagte
zwar, er hätte noch vierzehn Tage warten können. Das ist
aber Unsinn, purer Unsinn. Ach, ich sage Ihnen, Herr
Schröter, die Ärzte von heute verstehen ja nichts. Ja, wenn
wir nicht wären — immer schrei mein Püppchen, das kräftigt
die Lunge — wenn wir nicht wären! Da möchte es manch=
mal schlimm aussehen. Besonders die alten Doktors. Die
wollen von ihrer altväterlichen Methode nicht abgehen und

wenn man sich auf den Kopf stellt. Und dann besonders die jungen. Gott, was sind die gescheit. Sie haben keine Ahnung, Herr Schröter, was die alles wissen, und können, und verstehen. Und dabei wissen sie sich manchmal vor Himmmelsangst keinen Rat. Wenn wir da nicht wären und sie erst anleiteten, und ihnen was beibrächten und erklärten — da hätte mancher Witwer schon lange keine Frau mehr!

8. Scene.

Vorige. Dr. Löwi.

(Dr. Löwi kommt mit Hut und Stock aus der Wohnstube.

Dr. Löwi.

Meinen Glückwunsch, Herr Schröter! Zwar ein Spätling, aber ein strammer Bengel. (Er giebt Schröter die Hand).

Schröter.

Ich danke Ihnen, Herr Doktor!

Dr. Löwi (zur Hebamme).

Lärmen Sie doch nicht mit dem Kinde hier herum. Das muß jetzt Ruhe haben. Befolgen Sie auch mit der Frau genau meine Vorschriften. Ich komme heute Abend wieder.

Schröter.

Ach Herr Doktor, Sie sind zu gütig. Aber bemühen Sie sich nur nicht. Wenn etwas passieren sollte, möchte ich lieber zu Ihnen kommen.

Dr. Löwi.

Gott der Gerechte, was liegt mir an Ihnen! Sind denn Sie in die Wochen gekommen oder Ihre Frau? Die kann nicht zu mir kommen, mithin muß ich hergehen! Oder ist's Ihnen um die Kosten? (Klopft Schröter auf die Schulter) Na, da lassen Sie sich keine grauen Haare drüber wachsen. Ich habe vielleicht mal etwas für Sie zu thun, da wirds mit abgemacht. (Zur Hebamme). Die Medizin und was Sie sonst brauchen, wird bei meinem Apotheker auf meine Kosten geholt. Daß Sie mir die Frau und das Kind gut pflegen! Sie halten sich an mich, verstanden? Und nun rasch ins Bett mit dem Burschen. Adje! (Ab durch die Mitte).

9. Scene.

Vorige ohne Dr. Löwi.

Frau Klinkert (knixend).

Ja, ja, ich gehe ja schon, es wird alles bestens besorgt. (Sie geht nach der Thür des Wohnzimmers, kehrt aber um, sobald der Arzt die Werkstatt verlassen hat).

Frau Klinkert.

Ach ja, was das anbelangt, schlecht ist Dr. Löwi nicht. Das muß man ihm lassen, wenn er auch ein Jude ist. Und er hat selber nichts übrig! — — Ja, ja, immer schrei', mein Goldkind, immer schrei' nur. Sieh nur, dein Vater scheint sich gar nicht so sehr für dich zu interessieren, gar nicht zu freuen, der garstige Papa der.

Schröter.

Ja, wenn man sich nur so recht freuen könnte!

Frau Klinkert.

Was, nicht freuen? Über so einen strammen Jungen? Na Sie Rabenvater. Aber so sind die Männer alle. (Müller bemerkend, zu diesem). Habe ich nicht Recht? Ein reizendes Kind! Ah, Sie sind es ja, Herr Müller! Wie geht es denn Ihrem kleinen Prinzeßchen? Und was macht denn die gnädige Frau Gemahlin? Alles gesund? Sie kennen mich wohl nicht mehr? Ich habe doch der gnädigen Frau auch beigestanden. Ich bin ja die Klinkerten!

Müller (verlegen).

Ach, Sie irren sich ja!

Frau Klinkert.

Was, ich mich irren? Ich wäre nicht die Klinkerten? Da schlag' Einer lang hin!

Schröter.

Ach wo, Herr Müller ist doch gar nicht verheiratet!

Frau Klinkert.

(legt das Kind auf die Hobelbank und stemmt beide Arme an die Hüften).

Was, der ist nicht verheiratet? Na da will ich doch auf der Stelle gleich sofort zehntausend Quadratmeilen tief in die Erde versinken — und das mit dem Kopfe zuerst — wenn der Herr Müller, dieser Herr Müller da, nicht verheiratet ist! Er wohnt in Neuhof, hat dort ein Gut, sechs Pferde, dreißig Kühe, eine Masse Schafe, Gänse, Hühner, eine junge, schöne, engelsgute Frau und fünf allerliebste Kinder. (Mit erhobener Stimme). Das kann er nicht wegdisputieren und wenn er noch so oft nach der Stadt fährt und Tage und halbe und ganze Wochen von zu Hause wegbleibt, daß sich die gnädige Frau die Augen rotweint! So ist es, und das wäre mir gerade recht, mich alte ehrsame Frau zur Lügnerin machen! — So, nun wissen Sie es und nun sollen Sie mir gestohlen bleiben! (Sie nimmt das Kind und stampft wütend nach der Wohnstube)

10. Scene.

Vorige ohne Frau Klinkert.

Schröter (spöttisch zu Müller).

Die Frau scheint Sie ja gut zu kennen!

Müller (ärgerlich).

Ach was, die alte Klatschbase. Freilich bin ich ver=
heiratet, das heißt vorläufig! Aber ich werde mich scheiden
lassen. Ich kann mit meinem Hausdrachen nicht länger zu=
sammenleben. Und sobald die Scheidung ausgesprochen ist,
werde ich Gretchen auch zu meiner legitimen Frau machen,
was sie ja bis dahin noch nicht sein kann.

Schröter (sich hochaufrichtend).

Wie, und so was bieten Sie mir an? Meine Tochter
soll Ihre Konkubine werden? Das ist stark. Sie haben
sich mir als ledig vorgestellt, Sie haben mir nie etwas
von Kindern gesagt, kein Wort von Scheidung! Nun, ich
will Ihnen was sagen: Ich bin arm jetzt, furchtbar arm,
aber kein Schurke, der sein Kind zur Dirne werden läßt.
Gehen Sie, Herr Müller, gehen Sie zu Ihrer Familie,
leben Sie, wie es sich für einen Menschen geziemt und
danken Sie Gott, daß Sie Weib und Kinder ernähren
können!

Müller, (besänftigend).

Herr Schröter, Sie nehmen die Sache zu tragisch.
Was ist denn weiter bei einer Scheidung? Kommt so was
nicht alle Tage vor? Aber man spricht doch nicht gerne
von solchen Dingen. Und bin ich denn nicht unverheiratet,
wenn ich geschieden bin? Meine Kinder werden Gretchen
auch nicht zur Last fallen, ich bringe sie in Anstalten unter.

Und daß ich mir bis zur offiziellen Scheidung Zwang an=
thun soll, leben soll wie ein Einsiedler, das können Sie
doch unmöglich verlangen, wenn Sie je empfunden haben
was Liebe ist, wenn Sie nur ahnen könnten wie wahn=
sinnig ich Gretchen liebe!

Schröter.

Sie sind ein vornehmer Herr, aber wir Handwerker sind
auch anständige Leute. Ich dulde unter keinen Umständen,
daß Sie noch einmal meine Wohnung betreten oder in
irgend einer Weise mit meiner Tochter anzuknüpfen suchen!

Müller.

Wissen Sie auch, daß Sie damit Ihre Tochter um ein
herrliches Leben bringen?

Schröter.

Ich danke für die Herrlichkeit. Um keinen Preis willige
ich ein. Und wenn auch Grete durch ihren Umgang wohl
schon leicht geworden ist — schlecht ist sie noch nicht und
gehorsam ist sie auch noch!

Müller.

Herr Schröter, Sie sagen selbst, daß Sie arm, sehr
arm sind, eine größere Geldsumme könnte Ihnen vielleicht
auf die Beine helfen. Nennen Sie doch eine Summe!

Schröter.

Sie wollen bezahlen? Es giebt dafür keinen Preis!

11. Scene.

Vorige. Bankbote.

Bankbote (in Livree, unter dem Arme ein Wechselportefeuilles tritt durch
die Mitte ein).

Ist Herr Schröter hier?

Schröter.

Ja!

Bankbote.

Ich komme von der Kreditbank und habe einen Wechsel von zweitausendzweihundert Mark. (Er holt denselben aus der Mappe).

Schröter (erstaunt).

Das kann doch nicht richtig sein!

Bankbote.

Wird wohl! (den Wechsel besehend). Aussteller ist Holz=händler Baum, Acceptant Tischlermeister Johann Schröter, Giranten — eine Menge.

Schröter, (im höchsten Schreck auf einen Schemel fallend).

Mein Gott, mein Gott! Und ich habe Baum auf meinen Knieen gebeten, den Wechsel nicht weiterzugeben sondern zu behalten bis ich ihn nach und nach abgezahlt habe. Nun hat er's doch gethan!

Bankbote, (gleichgiltig).

Baum ist ja pleite gegangen und da wird er wohl nicht so gekonnt haben wie er wollte. — Zahlen Sie?

Schröter, (ohne die Frage zu hören, verzweifelt).

Das ist das Ende. Ach hätte ich doch damals, an dem unseligen Tage, da ich den Wechsel — den Wechsel schrieb, lieber zum Stricke gegriffen, den Mut gehabt wie der Schlosser Gruber! Da wäre jetzt alles aus. Nun — in's Zuchthaus. (Schröter bricht in krampfhaftes Schluchzen aus).

Müller, (leise zu Schröter).

Um Gotteswillen, was reden Sie da, mäßigen Sie sich

doch! Was ist denn mit dem Wechsel? Ist es nicht richtig damit? (zum Boten). Er hat vor ein paar Stunden einen Jungen bekommen und aus Freude viel getrunken. Das verträgt er nicht!

Bankbote, (den Wechsel einstekend).

Also Sie können nicht zahlen! Dann muß ich das Papier vom Gerichtsvollzieher protestieren lassen.

Müller.

Einen Augenblick! (Leise zu Schröter). Sagen Sie doch die Wahrheit. Wie stehts?

Schröter, (mit zusammengebissenen Zähnen, fröstelnd, leise).

Ich habe den Wechsel gefälscht!

Müller, (nimmt einige Scheine aus der Brieftasche, zum Boten).

Wie viel war's?

Bankbote.

Zweitausendzweihundert.

Müller.

Das ist viel. Lassen Sie den Wechsel da, er wird bezahlt!

(Müller zählt einige Kassenscheine auf, nimmt den Wechsel und steckt ihn in seine Tasche. Schröter bedeckt laut schluchzend das Gesicht mit beiden Händen).

Schröter.

Mein Kind, mein armes Kind!

Schluß des vierten Aktes.

———

Personen des fünften Aktes.

Schröter.
Grete.
Müller.
Ein Kriminalbeamter.
Ein Kellner.
Gäste.

Fünfter Akt.

Ein Café, der Einrichtung nach ein solches zweiter Klasse. Ein Spiegel sowie eine Anzahl wertloser Bilder und viele Plakate bedecken die Wände. Sofas, Tische und Stühle bilden das Mobiliar auf dem einige Journale herumliegen. Der Eingang befindet sich links, rechts steht das Buffet. Außer andern Gästen sitzen an einem Tische ein Herr und eine Dame. An einem Tische links sitzen der Gutsbesitzer Müller und Grete, letztere in sehr auffälligem Kostüm. An einem Tische an der Seite hat ein Kriminalbeamter in Civil Platz genommen, der unter der Maske des Zeitunglesens die Gäste, besonders Grete und Müller beobachtet. Ein Kellner geht gelangweilt hin und her.

1. Scene.

Grete, Müller.

Grete.

— — und es ist einmal nicht anders, Du liebst mich nicht mehr wie früher. Hätte ich das gewußt, daß Du Dich so rasch änderst — —!

Müller (gelangweilt.)

Aber liebe Grete, ich weiß nicht, was Du noch mehr verlangst. Halte ich Dir nicht eine wunderschöne Wohnung im feinsten Stadtviertel? Führst Du nicht ein sorgenfreies Leben, erfülle ich nicht jeden Deiner Wünsche?

Gerhard, Vernichtet!　　　　　8

Grete.

Ja, ja, aber nicht wie vor zwei Jahren. Verlangte ich damals eine Broche, so kauftest Du mir den schönsten Schmuck, brauchte ich einen Hut, schenktest Du mir gleich das passende Kostüm dazu, wollte ich ein paar Wochen aufs Land, so reisten wir nach Italien — —.

Müller.

Das hat auch alles ein schönes Stück Geld gekostet. Rechne dazu den Betrag, um welchen ich den Wechsel Deines Vaters einlöste, was ich sonst noch alles für Dich bezahlen mußte, was der Scheidungsprozeß kostete, den ich doch bloß auf Deinen Wunsch anstrengte --

Grete.

— und der im Sande verlief!

Müller.

Was kann ich dafür? Ich bin doch nicht schuld, wenn meine Frau nicht in die „gegenseitige unüberwindliche Ab= neigung" einwilligte und sogar von meinem Verhältnis zu Dir nichts „wissen" wollte. — Es schöpft sich doch auch ein Brunnen aus! Und dann hat man doch auch Standes= pflichten, die Geld kosten!

Grete (spitzig).

— und noch mehr harmlose Freundschaften, die auch Geld kosten!

Müller.

Das ist nicht wahr. Du bist nur eifersüchtig!

2. Scene.

Vorige.

Schröter (tritt ein. Er macht einen sehr armseligen Eindruck, hat weißes Haar und zittert. In der Hand trägt er einen Korb mit einigen selbstgefertigten Holzkästchen u. s. w. Er bleibt, die Mütze abgenommen, demütig an der Thür stehen bis ihn der Kellner bemerkt).

Schröter.

Erlauben Sie vielleicht, Herr Oberkellner — ?

Kellner.

Meinetwegen. — Die Lauferei wird gar nicht alle!

Schröter (tritt bescheiden zu dem Beamten heran).

Brauchen Sie vielleicht etwas? Nähkasten, Kammkasten, Schmuckkasten, Löschdrücker! Alles selber gemacht und spott-billig. (Er stellt einige Sachen auf den Tisch). Kaufen Sie doch einem armen Familienvater 'was ab!

(Schröter wartet eine ganze Weile, da er aber sieht, daß der Beamte gar nicht auf ihn achtet, packt er seufzend seine Sachen wieder ein und tritt zu dem fremden Herrn und der Dame).

Schröter.

Ist Ihnen vielleicht etwas gefällig? Kammkasten, Näh-kasten, Wichskasten, Schmuckkasten? (Er packt Verschiedenes auf den Tisch).

Dame.

Das Schmuckkästchen ist niedlich. Was kostet es?

Schröter.

Nur fünfzig Pfennige, gnädige Frau!

Herr.

Fünfzig Pfennige? Sie sind wohl verrückt? Das kauft man ja bei Werthmann für zweiundzwanzig!

8*

Schröter.

Aber kein so dauerhaftes. Was denken Sie wohl, wie lange ich daran arbeite? Wie sauber ist es gemacht!

Dame.

Es ist mir eigentlich aber doch zu groß, zu plump! (Sie stellt das Kästchen in den Korb zurück).

Dame.

Was kostet denn der Nähkasten?

Schröter.

Den lasse ich Ihnen ganz billig, obwohl ich zwei Tage dazu gebraucht habe. Achtzig Pfennige!

Herr.

Machen Sie nur keine Geschichten!

Schröter.

Es ist wirklich nicht zu viel! Denken Sie nur, man will doch auch leben und meine Frau ist jetzt immer krank. Die Kinder wollen auch was essen!

Herr (höhnisch).

Nanu, Sie können doch nicht verlangen daß ich Ihre ganzen Kinder ernähren soll!

Schröter.

Nein, nein, aber kaufen Sie nur etwas. Ich lasse Ihnen den Nähkasten für siebzig. Ich habe heute noch nichts verkauft!

Herr.

Wenn Sie zu ungeschickt zum Verkaufen sind, so arbeiten Sie doch lieber!

Schröter.

Ja Herr, ich arbeite doch auch. Ich mache die Sachen alle selber!

Herr.

Dumm genug. Das Zeug kaufen Sie doch viel billiger als Sie es selbst machen können.

Schröter.

Na, ich bin doch kein Schacherfritze! Ich verkaufe bloß die Sachen, die ich selber mache. Ich bin doch Tischler=meister!

Herr.

Nette Sorte Tischlermeister, die Kaumkasten und Wichs= kasten macht!

Schröter.

Ja sehen Sie, eine Werkstatt, wo man große Sachen machen kann, ist zu teuer. Die Kleinigkeiten mache ich in meiner Stube. Ich habe bloß ein einziges Loch! Kaufen Sie doch den Nähkasten. Sechzig Pfennige, aber anders kann ich nicht!

Herr (ungeduldig).

Ach lassen Sie uns mit Ihrem Kram in Ruhe, wir kaufen nichts!

Schröter (bittend).

Fünfzig Pfennige, damit ich doch etwas loswerde.

Herr.

Machen Sie, daß Sie fortkommen, ich kaufe nichts!

Schröter.

Ach Gott, ach Gott!

(Er packt die Sachen zusammen und tritt zu Müller und Grete, die er anfangs nicht erkennt, wie ihn auch die beiden nicht sofort erkennen).

Schröter.

Kaufen Sie vielleicht etwas? Kammkasten, Nähkasten, Schmuckkasten, Wichskasten?

Grete (erregt).

Das ist ja mein Vater!

Schröter (halb freudig, halb erschrocken).

Ah, Gretchen — — und Herr Müller! Ja ja, meine Augen sind schon recht schwach!

Grete (halblaut).

Aber Vater, schämst Du dich nicht, hausiren zu gehen?

Schröter.

Ach liebes Kind, Hunger thut weh! — Wie soll ich sonst Deine kranke Mutter und Lieschen und das Kleine ernähren!

Müller.

Setzen Sie sich doch einen Augenblick. (Ruft). Kellner, bitte ein Glas Bier!

Schröter.

Ach nein, in einem so feinen Lokale kann ich mich nicht setzen. Was würden denn die Leute von Euch denken! (Bitter). Und überhaupt mit Herrn Müller werde ich mich wohl niemals an einen Tisch setzen!

Müller (zu Grete).

Das ist der Dank, daß ich Deinen Vater vom Zucht= hause rettete.

Grete.

Pfui, Willi!

Schröter (erschrocken).

Ja, ja, Sie haben Recht, ich bin ja obendrein noch ein Lump gegen Ihnen. Und den Wechsel haben Sie ja noch immer!

Müller.

Ich werde ihn auch behalten!

Grete.

— — und von dem bißchen Handel lebt Ihr?

Schröter.

Ach, wo denkst Du hin? Ich verkaufe manchen Tag garnichts!

(Grete steckt ihm verstohlen ihr Portemonnaie in die Hand).

Grete.

Ihr müßt aber doch wohnen und essen!

Schröter.

Ja siehst Du, ich kriege alle Wochen eine Postanweisung, 'mal mit fünf, 'mal mit sechs oder sieben Mark. Das hilft uns viel!

Grete.

Wer schickt denn das Geld!

Schröter (zuckt langsam die Achseln).

Das weiß niemand! Wie wir unser Letztes verloren und der Hausherr uns auf die Straße setzte, kamen auch schon zwei Postanweisungen. Da war aber Dein Bruder Franz als Absender angegeben und ich nahm das Geld natürlich nicht an. Ich will einmal von Franz nichts mehr wissen, seitdem er von mir weggelaufen ist und (stolz) ich werde mich doch von keinem Fabrikarbeiter unterstützen laffen! Nein, lieber will ich verhungern! Jetzt kommen die Anweisungen ohne Absender und ich kann sie also nicht zurückschicken (schlau) weil ich doch nicht wissen kann, von wem sie jetzt kommen. Und was ich nicht weiß, macht mir nicht heiß! Ich behalte jetzt das Geld und wüßte nicht, was werden sollte, wenn es einmal ausbliebe!

(Der Kriminalbeamte tritt zu Grete).

Der Beamte (geschäftsmäßig).

Fräulein, ich bin Kriminalbeamter. Können Sie sich legitimieren?

Grete (erschrocken zu Müller).

Was ist denn das?

Müller (zum Beamten).

Wird nicht nötig sein, wenn ich Ihnen sage, daß die Dame meine Frau ist. Ich bin der Gutsbesitzer Müller auf Neuhof.

(Müller übergiebt seine Karte).

Der Beamte.

Ah, bitte tausendmal um Verzeihung. Eine fatale Ähnlichkeit, die ja für Ihre Frau Gemahlin sehr peinlich sein muß, und die strenge Pflicht zwang mich zu der indiskreten Frage. Nochmals, ich bitte um Verzeihung. (Verbeugt sich wiederholt.)

Müller (kurz).

Bitte!

Der Beamte (barsch zu Schröter).

Was belästigen Sie denn die Herrschaften hier wer weiß wie lange, machen Sie doch endlich, daß Sie einmal weiterkommen! Haben Sie denn einen Gewerbeschein?

Schröter (erschrocken).

Ja, ja! (Er sucht in seinen Taschen). Ach Gott — ich glaube gar — — jetzt habe ich ihn am Ende — — zu Hause gelassen — — oder gar verloren — —?

Der Beamte.

Alter Schwindel, gestehen Sie nur: Sie haben gar keinen!

Schröter (zitternd, weinerlich).

Ach ja, ich — ich habe noch nie — noch nie so viel Geld beieinander gehabt um einen zu holen. Aber morgen, da will ich's ganz gewiß thun.

Der Beamte.

Ja morgen, wenn Sie bis morgen das Geld nicht zehnmal versoffen hätten. (Zu Müller). Der Handel ist solchem Gesindel, das nicht einmal einen Gewerbeschein hat, über= haupt Nebensache. Die Hauptsache ist ja doch stehlen. (Zu Schröter). Haben Sie wenigstens Legitimationspapiere bei sich!

Schröter.

Nein!

Der Beamte.

Dann marsch, zur Wache!

Grete (will aufspringen, wird aber von Müller zurückgehalten).

Mein Gott, es ist ja mein —

Müller.

Willst Du den Mund halten!
(Grete bricht in Weinen aus).

Der Beamte.

Na vorwärts, vorwärts, nehmen Sie Ihren Kram mit! Rasch, rasch, sonst werde ich Ihm Beine machen!

(Schröter nimmt schluchzend seinen Korb auf, wird von dem Beamten am Kragen gepackt und zur Thür hinausgeschoben).

Schröter.

So weit — so weit muß es kommen mit dem alten Meister!

E n d e.